Bodo Pipping

Das verlorene Lachen zur Zeitenwende

Bodo Pipping

Das verlorene Lachen zur Zeitenwende

Vor der Zeitenwende

Nach der Zeitenwende

Nichts bringt schneller zu Fall als in Gewissheit einer weiteren Stufe den Fuß ins Nichts zu setzen. Da liegen wir, gestrauchelt , und können froh sein, wenn wir uns nicht nachhaltig verwandelt haben.

Ist es ein Trost, dass wir alle es waren, denen mit dem Beginn des Ukraine-Krieges der Himmel einstürzte? Es nimmt uns nicht die Kränkung, unbedachte Narren gewesen zu sein ohne die überlebenswichtige Vorsicht. Sogar die Zahl derer, die schon immer alles wussten, ist klein.

Das Ich dieses Buches erlebt den Verlust des Lachens als Zangenangriff. Begonnen im dritten Jahr der Pandemie war es schlimm genug, was im Zeichen der Chiffre „Corona" war. Nach dem 24. Februar 2022 war das allgegenwärtige Wort wie von Zauberhand gelöscht. Die Hybris eines Menschen, der sich mit der Macht der Bomben berufen fühlte,   das Rad der Geschichte zurückzudrehen, bestimmte fortan.

Aber eines scheint doch gewiss: wenn wir es nicht wiederfinden, das Lachen, die Freude, den schönen Götterfunken, sind wir ohne Zukunft.

Dies hier lädt ein, an den Wirren einer Suche nach Verlorenem Anteil zu nehmen. Mit einem Anflug von Märchen. Ohne die Gewissheit, die alle Märchen am Ende haben.

Diese Geschichte begann im dritten Jahr der Pandemie, als die Seuche ewig zu werden drohte. Als wir glaubten, dies sei die Weltkatastrophe. Wir kauerten im Schatten von „Corona". Das Genie der Menschheit war herausgefordert: wie geht Überleben? Die Wissenschaft ging ans Werk. Die Politik fand keine gute Antworten.

Nun lebt man ja nicht im täglichen Apokalypse-Now - Modus. Sondern ganz praktisch als einer, der sich so durchschlägt. Der sich, unter der Maske, um seine Impftermine kümmert und dem Leben ein Dennoch abringt. Da spalteten sich die Menschen auf in die Geduldigen, die Aufbegehrenden, die Einsichtigen und die anderen. Wie immer.

Das Ich dieser Geschichte gehört zu denen, die im dritten Jahr einer planetaren Heimsuchung ohne absehbares Ende zu verzweifeln begannen. Es war Zeit für eine schonungslose Selbstdiagnose. Was war geschehen? Und was war da zu machen?

Ganz oben auf dem Zettel: Verlust der Zuversicht, nach vorn zu leben. Verlust des Lachens. Und zwar ohne jedes Gegengeschäft. So ein Typ wie Timm Thaler (erdacht von James Krüss) bekam ja vom Teufel (Baron de Lefuet) für den Verkauf seines ansteckenden Lachens die Fähigkeit, jede Wette zu gewinnen. Da gab es nichts Vergleichbares.

Es war einfach so weg. Das, was ich so brauchte als den Brennstoff des Lebens: Zuversicht, Gewissheit, Freude. Ich bündelte das alles in dem Wort „Lachen". Wo zum Teufel war es hin?

Was macht man, wenn man etwas verloren hat? Man geht zu einer Behörde und macht eine Anzeige. Das konnte ja nur bei Franz Kafka landen.

Wann hatten Sie es denn zuletzt? Wann ging es

denn, Ihrer Meinung nach, verlustig? So So. Sie meinen, es sei Ihr lebenslanger Begleiter gewesen und ohne die verlustige Sache, das Lachen, sei alles nichts mehr wert? Kommen Sie wieder, wenn Sie eine genaue Beschreibung machen können. Sonst sehen wir schwarz für Ihren Fall, für den es noch nicht einmal eine Rubrik gibt. Oder besser: Kommen Sie nicht wieder. Denn die Zeiten sind so hart, dass wir uns nur sehr schweren und konkreten Fällen zuwenden können.

Das machte mich wütend. Die Unterstellung, ich sei ein Querulant, der mit einer Klage belästigt, deren Sinn nicht einsichtig sei.

Was macht man weiter in einer solchen Lage mit dem Etikett: hoffnungslos, aber nicht ernst? Man geht im Netz auf Spurensuche.

Wenn die Sache einen Namen hat, ein eingängiges Etikett, ist man der geforderten Rubrik schon ein Stück näher. Offensichtlich litt ich unter einem neuerdings weit verbreiteten Zusammenbruch der „Resilienz". Teufel auch. Es war jedenfalls ein Leiden an und mit den Zeitläuften, das sich gegen die

Gesundheit im engeren und weiteren Sinn kehrte.

Das Wort ist ein feminines Substantiv. Man muss sie haben, die R., die Kraft zum Widerstand gegen alles, was niederdrückt. Man muss innere Türhüter haben.

Da ich nun das Etikett für meinen Fall hatte, konnte ich mich nun an die Beschreibung machen: was ging verlustig? Der Humor?

Da konnte ich mich an die Spuren eines lebenslangen Praktikers des Lachens heften: an Robert Gernhardt. Als guter Deutscher hat er nach den vielen Jahren praktischer Ausübung des Humor-Gewerbes eine 600 Seiten starke Abhandlung geschrieben mit den wuchtigen Titeln „Kritik der Komiker", „Kritik der Kritiker" und „Kritik der Komik". Kant lässt grüßen. Es ist nicht verbürgt, dass Immanuel jemals in seinem Leben gelacht hat.

Nichts hielt Robert Gernhardt davon ab, mit der Gabe der Lesbarkeit die Tiefen dessen auszuloten, was uns lachen macht. Wobei auf der einen Wippe das Anarchische ist, auf der anderen so etwas Wunderbares wie das Lachen als Lösung von aller Erdenschwere. Konnte man ja auch erwarten von einem Mann, der sich so an seinen Schöpfer wandte:

Lieber Gott, nimm es hin,
daß ich was Besond'res bin.
Und gib ruhig einmal zu,
daß ich klüger bin als du.
Preise künftig meinen Namen,
denn sonst setzt es was, Amen.

Komik, lese ich da, spielt mit den Möglichkeiten des Lebens. Ist grundsätzlich anarchisch, im Widerspruch zu Normen und Regeln. Als ich dann bei Robert las, wie er die Ursprünge erklärt, spürte ich eine erste Linderung. Ein Schmunzeln. Fast schon ein Lächeln.

Denn bei der anarchischen Komik steht ihm ein Urahn vor Augen, den er „Bobo den Buckligen" oder auch „Bobo den Puper" nennt. Das geht so:

Es ist alles gerichtet. Die Urhorde ist versammelt zur Anbetung der Wildkuh. Die Triebe gilt es zu sublimieren. Der Schamane hebt den Taktstock zum Anstimmen des großen Lobgesangs auf die Gottheit Kuh. Mitten in dieser heiligen Handlung entlässt einer einen Furz von kolossalen Ausmaßen. Wer war das? Bobo der Bucklige. Bobo der Puper.

Erste Verwarnung durch den Häuptling. Noch einmal, und Bobo wird von einem Feuerstein erschlagen. Solche Geschichten folgen einem zeitgeheiligten Ablauf. Ein zweites Mal: der Furz. Bobo sieht sich auch noch scheinheilig um und kalauert: „Wer fahr das?". Das Weitere ist vorhersehbar. Bobo wird erschlagen. Aber seine Saat der anarchischen Komik ist für alle Zeiten ausgebracht. Da hilft kein Drohen des Schamanen: die Menge lacht, verstohlen, aber alles untergrabend.

Am Anfang ist nicht das niveauvolle Lachen. Es ist lustbetonte, anarchische Komik, mit unserer Verfassung von allen Zeiten an unauflösbar verbunden. Eines Tages greift ein Sigmund-Freud-Epigone zu seinem Notebook und schreibt „Letzte Anmerkungen zu einer untergegangenen Spezies namens Homo Sapiens". Darin das Kapitel: „Lachen als Widerspruch zur Logik der Künstlichen Intelligenz".

Soweit bisher die Suche nach meinem verschollenen Lachen. Das Komische als Widerspiel zu drückenden Normen und Lasten, als derber Reflex, als Entladung (ein treffendes Wort).

Wie steht es aber um das Lachen, das alle Erdenschwere hinter sich lässt? Sich gleichsam neben Gott stellt und einen archimedischen Hebel hat, die Welt aus den Angeln zu heben – zumindest für den befreienden Moment?

War es nicht das, was mir abhanden gekommen war? Weshalb ich der Mann ohne Lachen wurde? Es galt, mit kriminalistischen Methoden der Sache auf den Grund zu gehen. Dabei musste ich autobiografisch vorgehen. Wie hat mich das Reich des Lachens begleitet? Wie war ich früher gehalten durch ein Netzwerk des Lachens, aus dem ich nun gefallen war?

Was mich mein ganzes Leben lang begleitete war Jerome Klapka Jeromes Büchlein „Drei Mann in einem Boot (vom Hunde ganz zu schweigen)". Da verbinden sich meine Erinnerungen mit der Forderung, darüber nachzudenken, wann mir das Lachen abhanden kam. Spurensuche:

Es ist ein heißer Sommer. Unser Vater begleitet uns zum Müggelsee, damit wir baden konnten. Der Vater hat schwere Sorgen. Seine Zahnarztpraxis am Alexanderplatz muss sozialistischer Umgestaltung weichen. Da war die ewige Frage: fliehen aus der DDR und am Nullpunkt des Lebens im Westen beginnen?

An diesem Bade-Tag sagte unser Vater: Geht Ihr nur ins Wasser. Ich habe hier ein Buch, für das ich ein kleines Lexikon „Englisch/Deutsch" brauche. Das reicht mir.

Als wir zurück kamen, vom Baden, fanden wir unseren Vater in Tränen aufgelöst. Wir sahen ihn erschrocken an. Aber dann sahen wir: Er wischte sich die Tränen des Lachens aus dem Gesicht. Wir wollten Anteil haben. Aber er japste nur: Diese Episode mit den Käsen, die mit 200 PS gegen den Wind stinken, das sei so unnachahmlich, das müsse man im Original genießen (Vater war ein Käse-Hasser).

Später habe ich dieses 1889 erschienene Buch immer wieder gelesen. Meine Penguin-Ausgabe hat diesen charakteristischen Gilb und die Gebrauchsspuren nie erkalteter Zuneigung.

Die Geschichte selbst ist banal. Drei Männer machen einen Ausflug auf der Themse zwischen Kingston und Oxford, und irgendwann ertrinkt die Sache im englischen Regen. Wenn man es genau liest, findet man sogar noch Spuren der ursprünglichen Absicht des Autors, einen „ernsthaften" Reiseführer zu verfassen.

Man hat es immer wieder verfilmt, sehr deutsch auch mit Hans Joachim Kulenkampff, Heinz Erhardt, Walter Giller und Willy Reichert. Aber das schießt meilenweit am Begreifen vorbei. Am Kern der Sache. Der darin besteht, wie der Ich-Erzähler uns mitnimmt ins Reich des Lachens, wobei er ungefähr so diszipliniert vorgeht wie ein Hund, der herumstrolcht. Der dann eine Sache so meisterhaft übersteigert, bis wir uns vor Vergnügen ganz schlapplachen.

Das Beispiel, das mir vor vor meinen geistigen Augen steht, ist die Episode mit „Uncle Podger". Sie beginnt ganz harmlos mit der Einschätzung, dass Harris, einer der drei Bootsinsassen in spe, zwar gerne für andere etwas zu tun anregt, sich aber bei der Ausführung sorgfältig zurückhält. Anders als Uncle Podger...

Der leidet an der fixen Idee, er sei ein begnadeter Heimwerker. Ein Bild ist gerahmt worden, verglast, muss nun aufgehängt werden. Von diesem einfachen Vorsatz bis Mitternacht, wenn das Bild schief und prekär hängt und die Wand meterweit so aussieht, als sei sie mit einem eisernen Rechen durchpflügt worden, entfaltet Uncle Podger ein alles umstürzendes Chaos. Mit dem Nagel (ist weg). Dem Hammer (sieben auf der Suche). Mit der Schwerkraft (sie reagiert humorlos, wenn ein bestimmter Winkel überschritten ist)...Tante Maria bittet darum, vor einer solchen Sache gewarnt zu werden, damit sie sich eine Woche zu ihrer Mutter flüchten könne...Uncle Podger bilanziert: Einige würden für so eine kleine Sache einen Handwerker beauftragen...

In einer glücklichen Stunde hatte der Humorist Jerome K. Jerome, der nie wieder vergleichbar Wunderbares schrieb, der Welt etwas geschenkt. Eine Zuflucht gegen die schwarzen Stunden im Leben.

Bei der weiteren Spurensuche fiel mir meine leider schon ziemlich weit zurückliegende Schulzeit ein. Die zweite Marke in meinem Gedächtnis der schönsten Sachen zum Lachen war Kurt Tucholskys unsterbliche Geschichte „Wo kommen die Löcher im Käse her?" Tucho hat sie aufgenommen in einen Sammelband „Das Lächeln der Mona Lisa". Und die wunderbar philosophische Frage „Warum lacht die Mona Lisa? Lacht sie über uns, wegen uns, trotz uns, gegen uns – oder wie?"

Es ist *die* Geschichte aus meiner Schulzeit. Immer, wenn die letzten Stunden vor den großen Ferien kamen, fragte unser Lehrer „Muss ich etwa schon wieder?" Es half nichts: versprochen ist versprochen. Er war wieder dran. Sein Einsatz. Als gewissenhafter Vortragender galt es, sich stimmlich zu versetzen in eine abendliche Verabredung zu einem Treffen in gehobenen bürgerlichen Kreisen.

Die Kinder müssen zuvor noch ins Bett gebracht werden. Der kleine Tobby stellt eine Frage, die sich zu der Lawine, die losgetreten wird, wie ein harmloser Schneeball verhält: „Mama! Wo kommen die Löcher im Käse her?". Die Mutter versucht es mit „ist eben so". Auftritt Papa. Ist vom Vorsatz her der bessere Pädagoge. Verheddert sich aber in einer physikalisch-biologischen Erklärung hoffnungslos. Die hereinkommenden Gäste versuchen sich an Erklärungen.

Größte Herausforderung für unseren Lehrer waren die Stimmen, die sich nun überbieten, um so einer scheinbar kleinen Frage auf dem Grund zu gehen. Das führt am Ende zu vier Privatbeleidigungsklagen, zwei umgestoßenen Testamenten, einem aufgelösten Soziusvertrag, drei gekündigten Hypotheken, drei Klagen um bewegliche Vermögensobjekte und weiter zu einer Räumungsklage des Wirts.

Das Finale gestaltete unser Lehrer zu einem wunderbaren Furioso: „Auf dem Schauplatz bleiben zurück ein trauriger Emmentaler und ein kleiner Junge, der die dicken Arme anklagend zum Himmel hebt und, den Kosmos anklagend, weithin hallend

ruft: „Mama! Wo kommen die Löcher im Käse her?"
In diesem Augenblick waren wir alle der kleine
Junge. Und angeklagt war...

Nun ja. Was konnte man erwarten von einem
Menschen, der sich über „Die Familie" so äußerte:
„Als Gott am sechsten Schöpfungstag alles ansah,
was er gemacht hatte, war zwar alles gut, aber dafür
war die Familie noch nicht da. Der verfrühte
Optimismus rächte sich, und die Sehnsucht des
Menschengeschlechts nach dem Paradiese ist
hauptsächlich als der glühende Wunsch aufzufassen,
einmal, nur ein einziges Mal, friedlich und ohne
Familie dahinleben zu dürfen."

Von diesen Anfängen an polsterte ich mein inneres Refugium, die Fähigkeit zu lachen, immer weiter aus.

Urvater Wilhelm Busch fand ich in den Beständen meines Großvaters. Von ihm stammen (nach der Bibel) die meisten Zitate. Mark Twain, Meister der Groteske, ließ Adam vor der Vertreibung aus dem Paradies gern in einer Zeit vor der Erfindung des Todes in einem Fass den Niagara hinabstürzen. Peter Ustinov war für mich das letzte Universal-

Genie. Sein Roman „Krumnagel" ist die erschütterndste Begegnung der Neuen und der Alten Welt : der amerikanische Polizeichef, der auf tückisch geschenkter Europareise einen vernagelten englischen Gewerkschafter erschießt, als der sein Schnupftuch zieht – wobei sich Komödie und Tragödie berühren.

In allen Pseudonymen: Ignaz Wrobel (essigsauer und bebrillt), Peter Panter (klein und kugelrund), Theobald Tiger (sang nur Verse oder schlief), Kaspar Hauser (sah die Welt und verstand sie nicht) war Kurt Tucholsky mein Begleiter: der Mann, der sich so verzweifelt stemmte gegen den heraufziehenden, alles vernichtenden Barbarengeist der Nationalsozialisten. Später dann Tatis „Monsieur Hulot" , der so wunderbar anknüpfte an die Groteskwelt der Stummfilmzeit. Loriot, der Arbeiter im Weinberg des deutschen Humors...Otto...Oliver Welke mit seiner „heuteshow", der die jüngste Zeit begleitet.

Es war klar: dies alles gehörte zu meiner inneren Verfassung, zu einer tröstlichen Geborgenheit, aus der ich nie herausfallen durfte.

Hat es je einen Menschen gegeben, dem alles zum Lachen wurde? Der das Lachen selbst war? Und wie erging es ihm?

Dieser Mensch hieß Pelham Grenville Wodehouse (für die Vornamen hat er sich stets entschuldigt, für seine Freunde war er Plum).

Ich habe für ihn zwei Superlative. Der erste: er ist nach William Shakespeare der berühmteste Autor englischer Sprache. Einer, der eine eigene Welt schuf, in geschliffener Sprache mit einem unverkennbaren Tonfall. Und die zweite

Erstaunlichkeit? Er hat in seinem ganzen langen Leben (er wurde 93 Jahre alt) kein einziges Wort geschrieben ohne die Absicht, andere zum Lachen zu bringen. Und das bei allein 100 Romanen.

Man sollte meinen, dass ein Mensch, der so sehr dafür sorgt, dass andere lachen können, nicht mit unserer Welt kollidiert. Wer Bertie Wooster und den Butler Jeeves schuf, den wunderbar trotteligen Lord Emsworth und seine preisgekrönte Zuchtsau „Empress of Blandings Castle", Mr Mulliner und diese herrlichen Golfgeschichten, diesen ganzen auch sprachlich idyllischen Wodehouse-Kosmos – der sollte doch fast zeitentrückt leben dürfen. Aber indem er sich in jeder Sekunde seines Lebens treu blieb, geriet Plum bis an den Punkt, da im Unterhaus in London seine standrechtliche Erschießung gefordert wurde.

Und das kam so:

Aus steuerlichen Gründen war der Autor (gewiss auf Anraten seiner lebenspraktischen Frau) nach Le Touquet in Frankreich gezogen. Dort wurde er nach dem Einmarsch der Deutschen im zweiten Weltkrieg zum „Internierten" (er war 59 Jahre alt; die Genfer Konvention verschafft erst mehr als 60 Jahre alten Männern eine Verschonung). Es geht ihm dreckig, 49

Wochen lang, erst in Belgien in einer Festungsanlage, dann in Oberschlesien kaserniert im lokalen Irrenhaus („wenn dies hier Oberschlesien ist, wie mag wohl Niederschlesien sein?"). Plum schreibt Tagebuch und beginnt die Sache so:

„Wie wird man Internierter? Es gibt da verschiedene Wege....Meiner war, in einer Villa in Le Touquet zu wohnen, die okkupiert wird...Ganz einfach: Sie kaufen die Villa, und die Deutschen erledigen den Rest".

So hören es Amerikaner (die noch nicht in den Krieg eingetreten sind) und Briten auf Kurzwelle, weil sich der arglose Plum überreden lässt, über seine Erfahrungen als Internierter zu sprechen in jenem unnachahmlichen Stil, der zu ihm gehört.

Keine Sekunde lang hat Wodehouse in diesen fünf Sendungen sein Land verraten, zur Kapitulation vor den Nazis aufgefordert oder Hochverrat begangen. Nach seiner „Karriere" als Internierter (er ist nun mehr als 60 Jahre alt) wird er, weiterhin Gefangener, ins „Adlon" verfrachtet, zu bezahlen aus seinen Tantiemen. Er kommt dann später, noch während des Krieges, nach Paris. Nach der Befreiung der Stadt wird er von den Militärbehörden vernommen und schuldig gesprochen des „unwise conduct". Er geht nach Amerika und betritt das England seiner schriftstellerischen Welt nie wieder. Weil sie ihn dort teeren und federn lassen wollen, von der „yellow press" bis zur BBC geeint in dem Irrglauben, er habe zum Hochverrat des Landes, dessen Kapitulation vor Hitler aufgerufen.

Die höchste Absolution kam sechs Wochen vor seinem Tod im Jahr 1975. Die britische Königin machte ihn zum „Knight of the British Empire", zusammen mit Charles Chaplin, dem einzigen Genie, den der Film je hervorbrachte.

Plum hat seine „Berlin Broadcasts" später veröffentlicht mit dem Begleitwort: „ Wenn einem so wenig Zeit im Leben bleibt und man jederzeit zu ticken aufhören kann ist es albern, sich zu sorgen. Heute bin ich wie der Bursche, der sagt, egal was sie über dich schreiben – Hauptsache der Name ist richtig.".

Der Name steht für einen Klassiker des Lachens von höchsten Graden. Wie seltsam, dass er in einen solchen Konflikt geraten konnte mit dem eigenen Land, das zu Blut, Schweiß und Tränen im Kampf gegen Hitler aufgerufen hatte. Wahrscheinlich ist die Kraft zu hassen eine der stärksten Antriebe. Sie sucht sich ihre eigenen Zerrbilder nach dem Motto: um so schlimmer für die Wahrheit.

Kann man das umdrehen? Was ist die stärkste Kraft zur Überwindung des Hasses? Gewiss die Liebe. Aber wenn es eine kleinere Währung davon gibt, ist es das Lachen. Plum nahm uns an die Hand und schuf uns eine Welt, die nie vergehen kann.

Als P.G. Wodehouse „Over seventy" war, beschrieb er mit der leichten Hand, die sein Genie war, über seine Berufung. Sie steht im Talmud. Elija und Rabbi Berokah gehen über den Marktplatz. Der Rabbi fragt: „Wer in diesem Getümmel wird je die zukünftige Welt betreten?" Der Weise schüttelt den Kopf: wohl keiner. Plötzlich entdeckt er zwei Männer und sagt: Diese da könnten es verdienen. Der Rabbi ist ganz aufgeregt und fragt die beiden nach ihrem Beruf. „Wir sind Spaßmacher. Clowns. Wann immer wir Menschen sehen, die traurig sind, versuchen wir , sie zum Lachen zu bringen." Als der Rabbi dies vernahm ergriff ihn die Ehrfurcht: die könnten es sein, die den Himmel erben.

Es war Plums Hinweis, dass er um seine Rolle wusste: am Katzentisch der „ernsthaften Schreiber". Aber mit einer wunderbaren Berufung.

L eider war ich nicht so beschaffen. Wie Plum, der Mann, den sie auch einen „Eskapisten" gescholten haben. Weil sie nichts verstanden von seiner Mission, den Ernst des Lebens zum Teufel zu jagen. Weil Leben und Lachen für ihn untrennbar waren.

Bei mir war im Gegenteil eine Trennung geschehen, die ich bezeichne als den Verlust des Lachens. Schonungslos musste ich danach graben: Wie konnte das geschehen? Diese Erkrankung mit dem Verlust der Resilienz? Und überhaupt...

Um systematisch vorzugehen: wann habe ich noch funktioniert? Wann kam der Schock? Wann der Tropfen, der das Fass zum Überlaufen brachte?

Das muss doch alles rekonstruierbar sein. Also: wie war das? Es galt, ein Protokoll meines „longest day" zu schaffen, die Anatomie eines Mordes an meiner Fähigkeit zu lachen und zu leben. Wobei ich zugebe, dass es ein Kunstgriff ist, alles auf ein Wochenende zu verdichten. Mir wurde es so begreiflicher.

Es war übrigens ein Wochenende, an dem ich eine kleine Auszeit hatte von der Gemeinschaft: die beste Ehefrau von allen war auf einer kleinen Mutter-Tochter-Reise. Ich war „Strohwitwer". Das hatte auch noch seinen Anteil am Unheil.

Das Ich, das hier erzählt, gerät nun in seltsamer Schizophrenie mit sich selbst in Konflikt. Der nach der Zeitenwende vom 24. Februar 2022 liest über den, der Corona für die höchste existentielle Herausforderung hielt, mit Rührung. Wie wir ja auch von Traumtänzern glauben, ihre Welt sei so zerbrechlich wie Glas.

Was für eine seltsame Chance: Sich selbst dabei zuzuschauen, wie man glaubte, über das Leben nachgedacht zu haben. Und wie das Erzählen plötzlich klingt, als habe es kein Recht mehr auf etwas, das nicht vom Tod in einem barbarischen Krieg kündet.

Die ersten 54 Tage des Jahres 2022 waren zu durchleben, wie wir das vermochten: mit einer immer höher ansteigenden Kriegsgefahr. An die wir uns auch gewöhnten. Der Tyrann grollte in immer stärkeren Ton. Aber wir wollten nicht zu all den Lasten auch noch an einen Auslöschungskrieg in Europa denken. Keine Zeit für das Undenkbare.

Wie war das am Anfang dieses Jahres? In jener nun verschollenen „alten Zeit"?

E s begann so: Ich erwachte in einem vorübergehend verwaisten Haus zu früher Morgenstunde. Zu ungewöhnlicher Stille und zu der Aufgabe, allein ein Frühstück zu machen. Darüber nur eine Bemerkung: warum hat ein Gerät zum Aufwärmen von Brötchen so verwirrend viele Knöpfe zum Einstellen? Es gelang mir, etwas noch Essbares kurz vor der endgültigen Karbonisierung aus der Konkursmasse zu retten.

Die Zeitung las ich ohne den gewohnten

Austausch von Anmerkungen mit der in zwei Jahren der Pandemie erworbenen Technik, nicht mit der Sintflut des Expertenwesens unterzugehen. Mein Urteil über den Stand der Dinge schwankte zwischen „ernst, aber nicht hoffnungslos" und dem genauen Gegenteil, je nach Fortschritt meiner Lektüre.

Das Radio versorgte mich mit den Zahlen, zum Stand der Inzidenz im ganzen Land, abgeglichen mit meiner nördlich gemäßigten Region. Aus dem Smartphone kam der R-Wert. Beruhigend unter eins. Die Warnmarke „exponentielles Wachstum" (so fern unserem ungeübten Hirn) war unterschritten.

Wenig war in der Zeitung, das nicht in irgendeinem Zusammenhang zur Pandemie stand. Meine Phantasie wurde allerdings ergriffen vom Fortschritt beim „James – Webb - Teleskop". Es ist auf dem Weg zu „L 2", seinem künftigen Arbeitsplatz, so ungefähr 1,5 Millionen Kilometer von der Erde entfernt. Wenn das alles klappt, erlaubt ein Spiegel von 6,5 Meter Durchmesser Blicke zurück in die Entstehung unseres Universums.

Sternenstaub für die Phantasie. Und ein Verdacht: sind diese Wissenschaftler die größten Eskapisten...na ja, wer bin ich, das zu sagen...

Im Protokoll dieses verhängnisvollen Tages geht es so weiter: mein Blick fiel auf den Kalender mit dem Spruch des Tages.

Es hatte da einen Wandel gegeben. In den guten alten Tagen waren es Sprüche von Heinz Erhardt. Zum Beispiel:

Das Lachen

Kein Tier vermag sich *lachend* zu zeigen,
ob es nun kräht, quäkt, miaut und bellt -
das Lachen ist nur dem *Menschen* eigen
und deshalb nicht von dieser Welt...

Irgendwie muss das nicht den Test auf den Zahn der Zeit bestanden haben. Der neue Kalender, der mir geschenkt wurde, hat es mehr mit dem Ernst des Lebens. Und so las ich folgende Losung des Tages:

Du bist ein Mensch?
Lies deinen Befund
bei Franz Kafka
in der Parabel
„Vor dem Gesetz".

Na gut. Ich fuhr den Computer hoch (er braucht seine Rituale) und forderte an: „Originaltext Kafka vor dem Gesetz". Schon war sie da, die Parabel mit dem scheinbar lockeren Tonfall uralten Erzählens.

Es beginnt mit den Worten „Vor dem Gesetz steht

ein Türhüter." Ein Mann vom Lande kommt daher, so ein Jedermann, wie wir alle so sind, und bittet um Einlass in das Gesetz. Nein. Geht jetzt nicht. Der Mann vom Lande sieht den fernen Glanz des Gesetzes und verwindet sich, um einen Blick zu erhaschen. Das reizt den Sinn des Türhüters für Komik. Er lacht. Drohend sagt er: „Versuch's doch mal trotz meines Verbots. Merke aber: ich bin mächtig!" (Obwohl er zugibt, in der Hierarchie der Türhüter ganz unten zu sein).

Beschrieben wird der Türhüter als ein Typ mit großer Spitznase und dünnem tartarischen Bart. Er hat ein paar Mitleids-Reflexe. So gibt er dem Wartenden einen Schemel. Darauf verschwendet der sein Leben, wird alt und kindisch, seine Augen versagen, der Tod naht. Es bleibt ihm eine letzte Frage. „Was willst du denn jetzt noch wissen?", fragt der Türhüter, der sich hinabbeugen muss zu dem Sterbenden. „Du bist unersättlich!". Die letzte Frage ist eine nach der Logik. „Alle streben doch nach dem Gesetz. Wieso kommt es, dass in den vielen Jahren außer mir niemand Einlass verlangt hat?" Letzter Triumph des Türhüters: „Hier konnte niemand sonst Einlass erhalten, denn dieser Eingang war nur für dich bestimmt. Ich gehe jetzt und schließe ihn".

Franz Kafka stellt also dem Menschen ein Testat grimmigster Hoffnungslosigkeit aus. Wozu er keine unserer üblichen apokalyptischen Reiter wie Klimawandel, nukleare Selbstauslöschung oder virale Pandemie brauchte.

Wie gesagt: Zu diesem Zeitpunkt war mein ganzes Denken noch von diesem einen apokalyptischen Reiter, der Pandemie, beherrscht. Dass es noch einen anderen geben könnte, den Krieg mit der Androhung, ein Volk auszulöschen, war jenseits meiner Vorstellungen. Es ist nicht wahrhaft tröstlich, dass so viele sagen: es ging mir auch so. Denn wenn man sich eingesteht, ein „Traumtänzer" gewesen zu sein, war man einer, der sich irreführen ließ. Einer, der paktiert hat mit Wunschdenken, Illusionen, Selbstbetrug, Hirngespinsten, Fantasterei.

Aber gewiss auch mit: wir haben nicht zugehört.

An diesem Morgen, auf den Spuren eines Kalenderspruchs an der Wand, wurde ich von einer rebellischen Wut erfasst, die mich selbst überraschte. Dieser Typ da auf dem Schemel, geradezu genetisch unfähig zum Aufstand gegenüber einem Schicksal spielenden Türhüter - was für ein Bild des Lebens ! Was für eine Metapher für die prinzipielle Sinnlosigkeit! Und mag das noch so meisterhaft in die Worte einer Parabel gegossen sein: Wen das nicht aufreizt zum Widerstand! Wer das nicht sieht als die Antithese zum „pursuit of happiness"!

Fast wäre noch der Kalender mit dem Spruch des Tages meiner Wut zum Opfer gefallen, wäre da nicht ein Zettel herausgefallen. Ich bückte mich, halb der Ordnung wegen, wegen „wie sieht das hier wieder aus, wenn ich mal nicht da bin." Halb aus Neugier.

Was stand da? „Die Gesellschaft für Suizid-Prävention übernimmt keine Haftung für die einzelnen Tagen zugeordnete Sinnsprüche. Bei Disposition zu Depressionen verweisen wir auf die sozialpsychologischen Hilfsdienste. Die Redaktion des Sinnspruch-Kalendariums."

Das war wohl das letzte Mal, dass ich laut lachte. Über die verdammten Juristen mit ihrer Sucht nach Absicherung gegen alle Fährnisse des Lebens. Der Branche muss es in diesen Tagen prächtig gehen.

Mein Mann war nicht „der vom Lande", dieser Erz-Feigling vor dem Gesetz des Lebens, sondern das größte Schlitzohr aus antiken Zeiten: Sisyphus. Der arme Kerl, der den Felsbrocken den Berg hinauf rollten musste, bis der mit fieser Methodik kurz vor dem Gipfel wieder hinabrollt - und die Endlos-Schleife weiter geht.

Dieser Sisyphus war einer der schlauesten Sterblichen, der sich unentwegt mit den Göttern anlegte. Sie auslachte. Weil ihm der missratene Sohn des Götterboten Hermes immer die Rinder klaute, markierte er die Hufe seiner Herde, um die Sache an den Tag zu bringen. Als der Tod kam, füllte er ihn ab mit einem guten Tropfen Wein, bis Gevatter sanft entschlief. Der zuständige Kriegsgott Ares brauchte den Tod aber für seine Zwecke – was ist schon ein Krieg ohne tödliche Begleiterscheinungen? Ab mit Sisyphus in die Unterwelt. Letzte Tricks halfen nichts, zumal er sich auch noch mit dem Chef angelegt hatte: Er verpetzte Gottvater Zeus, weil er Aigina, die Tochter des Flussgottes Asopos, vergewaltigt hatte. Da war kein Fürsprecher mehr da: der Sterbliche Sisyphus hatte den Stein für immer zu rollen. Letzte List: auf diese Weise wurde er für uns unsterblich.

Ich gab Kafka dem System zurück. Ohne Widerspruch verschwand seine für mich so aufreizende Parabel in den Tiefen.

U nabschließbar vom Charakter der Sache her: das Fach „E-Mails" (gilt unter den „digital natives" inzwischen als Oldtimer der Kommunikation). Mein Service hat „magenta" als Grundfarbe und ist zugänglich über eine Seite, bei der das reiche Unternehmen den Online- Riesen Allwissend spielt. Mit der Anmutung von „hier ist alles drin" reicht das Spektrum von der entlegensten Schnurre bis zum weisesten Kommentar. Das hat seinen Sog: ich riss mich von den vergleichenden Corona- Statistiken los und verweilte nur noch entsetzt bei einer Nachricht vom Typ „auch das noch": Ein Vater hat seine Frau und seine beiden Kinder erschossen, weil bei ihm Verdacht auf Missbrauch eines Impfausweises vorlag.

Dann: mein persönlicher „Account".

Ungeachtet der immer dreisteren Versuche, für Nichtbeachtung schlimmste Folgen zu gewärtigen, hatte ich kurz darauf 50 Kandidaten für den elektronischen Papierkorb. Die Frage „Wollen Sie diese Mails wirklich unwiderruflich löschen" beantwortete ich mit einem herzhaften Klick auf „Ja". Was heißt schon „unwiderruflich"? In jedem Krimi kommt vor, wie der zuständige Spezialist aus einem vom Mörder zerstörten Smartphone die für den Fortgang der Ermittlungen wichtigen Sachen wiederherstellt.

Blieb übrig eine Mitteilung meines Neffen mit angehängter PDF. Die Wochenzeitung „Die Zeit" hat eine Rubrik „Glauben und Zweifel". Die Redaktion hatte ein Paar West und ein Paar Ost gesucht, um den Seelenzustand am Vorabend des dritten Jahrs der Pandemie in Selbstauskünften zu ergründen. Das repräsentative Paar Ost waren mein Neffe und seine Frau. Er schickte mir den Artikel.

Mein Blick fiel auf ein Foto von Teja und seiner Frau Peggy, beide lässig auf dem heimischen Sofa aufgenommen. Hinter dieser Pose muss viel Kraft stecken. Beide haben gerade ihr Leben umgestülpt und beginnen neu. Sie zogen weg aus Mühlhausen, was nach der Wiedervereinigung der geografische Mittelpunkt Deutschlands ist. Ich las, was Teja in der „Zeit" sagt: „Ein Domprediger in Havelberg hat den großen Vorteil, dass der Dom selbst, der 851 Jahre alt ist, allein schon unerschütterlich wirkt. Seine Frontseite hat unten eine Mauerdicke von sechs Metern. Mächtig überthront er die einsame Havellandschaft. Er war einst eine Demonstration des christlichen Glaubens im Heidenland." Steinreich, weiß der Pfarrer, ist nur das Land. Die Menschen sind schwer zu erreichen. Aber ich kenne ihn: er wird nicht verzagen.

Tejas Frau Peggy war bisher Oberärztin der Depressions- und Psychose-Station des Ökumenischen Hainich-Klinikums in Mühlhausen und wird im Raum Havelberg vergleichbar arbeiten.

Was beide umtreibt, ist das Verhältnis zu den Impf - Unwilligen. Der Pfarrer: „Ungeimpften die Tür zu weisen, wäre quer zum Evangelium. Ich kann nicht predigen, dass Jesus zu den Leprakranken gegangen ist, und Ungeimpfte ausschließen." Sein Job ist Trost.

Und die Oberärztin? Hat hautnah miterlebt, wie Infizierte, ohne Impfung, aus Heimen kamen. Sie ist anhaltend erschüttert darüber, wie jüngere Angehörige entweder Angst verbreiten oder, wenn sie die Macht darüber haben, ihre Zustimmung zum Impfen verweigern. Sie sagt zwar: „ Meine Geduld mit Ungeimpften und ihrem Halbwissen ist nicht mehr sehr groß. Bei vielen kommt der Impfunwille aus Verantwortungslosigkeit, Selbstbezogenheit und Anspruchshaltung". Und doch weiß sie: „Es gehört zum Beruf, dass wir nicht desertieren."

Von beiden weiß ich, dass sie die Pandemie schon angerührt hat. Peggy, „unsere Virenschleuder", wie ihr Mann fröhlichen Herzens sagen kann, brachte die Ansteckung, die zum Glück nur zu leichten Symptomen führte. Wer sagen kann: „Als ich das heraufziehen spürte und daran dachte, man könnte seinen Geschmackssinn verlieren, machte ich noch eine Flasche Roten auf" – der hat wirklich die Balance, die mir langsam zu entgleiten schien.

Da war doch noch etwas, das im Hinterkopf rumorte?

E s war eine kleine Botschaft der besten Ehefrau von allen. Der Zettel, auf dem das stand, war aus ihrem Notizblock gerissen. Neben ein paar zu besorgenden Sachen stand: „Vergiss beim Einkaufen nicht die FFP2-Maske. Mach vorher eine Anprobe. Nimm die vom Typ Fischmaul, dunkelblau. Nimm eine zweite mit zur Sicherheit. N.B.: Es gibt außer Würstchen mit Kartoffelsalat auch andere Ideen für kleine Mahlzeiten.

Anprobe. Der Typ „Fischmaul" war in der Tat etwas geringer beeinträchtigend als der Typ

„Entenschnabel". Das erinnerte mich an ein Cartoon, bei dem ein Typ mit dieser Maske hinter sich eine Schar von Küken versammelt und sagt: „Keine Ahnung, warum die hinter mir herlaufen". Er hatte die Konrad-Lorenz-Prägephase vergessen. Menschen und Graugänse...

Es ist nicht weit von meinem Haus bis zum nächsten Supermarkt in bürgerlicher Neubau-Kulisse. Um so verwunderter war ich, als auf den letzten Metern blaues Tatort-Lichtgewitter meinen Weg erhellte. Jemand zusammengebrochen? Nein. Das da vor dem Eingang mit dem Schild „Fair Parken. Verstoß 25 €" war kein Rettungswagen. Sondern ein Einsatzwagen der...ich korrigierte mich selbst ... der Polizei.

Die Szene war gerichtet, als ich den Supermarkt betrat. In der Pose eines selbstgerechten Anzeige-Erstatters: der Filialleiter. In der vom Typ: die Staatsgewalt zwei Polizisten. Ein Jüngerer, der sich erkennbar weit weg wünschte. Ein Älterer, der ein amtlich aussehendes Schreiben in der Hand hielt. In der Rolle des Missetäters: Ein Nachbar. Renitent bis in die Haarspitzen. Ohne Maske. Es schien so, als habe er sich verbal bereits erleichtert.

Dieser mein entfernter Nachbar gehört zu einem

Typ, den wir alle kennen. Er stilisiert sich gern als der Mann der klaren Worte, liebt hyperbolische Ausschmückungen seiner Rede. Er lässt alle Welt wissen: wenn sie sich an die von ihm allein vertretene Vernunft hielte, ginge es ihr besser.

Noch war die Zahl der Zuschauer überschaubar. Mein Nachbar holte gerade Luft und legte los:

„Ich wiederhole: das verdammte Ding schnippte ab, als ich ein Preisschild lesen wollte. Lausiger chinesischer Gummi. Aber das kann doch für einen zweifach Geimpften plus Booster kein Hindernis sein, in diesem Saftladen ein paar Sachen zu kaufen. Dann gleich die Bu....die Polizei zu rufen, ist eine Schweinerei...“

Der ältere Polizist hob die Hand.

„Ich räume ein, dass ein Notruf über 110 nicht unbedingt erforderlich war...Vielleicht stellst Du mal das Blaulicht ab!“

Erleichtert entfernte sich der jüngere Polizist. Der Ältere wurde grundsätzlich.

„Der Defekt an dieser Maske vom einfachen Schutztyp 'Operationsmaske' kann auf keinen Fall als Entlastung angeführt werden. Die niedersächsische Landesregierung hat infolge des Beschlusses des Oberverwaltungsgerichtes in

Lüneburg vom 16. Dezember 2021 mit Wirkung für die Zwei G plus-Regel (zusätzliche Testung) nach kurzer Abstimmung in Paragraph 9 der Corona-Verordnung eine allgemeine FFP2- Maskenpflicht für den Einzelhandel beschlossen, solange Warnstufe 1 ausgerufen ist in einem Landkreis oder kreisfreien Stadt. Wenn Sie ohne Maske der geforderten Schutzklasse in einem Geschäft sind, haben Sie dieses unverzüglich zu verlassen."

Der Nachbar war noch nicht vernichtet.

„Und was ist da drüben mit den Typen an den Kassen? Die tragen doch auch nur Dinger vom einfachen Typ Schnutenpulli!"

„Ist abgesichert durch die Corona-Vorschriften, die für ständig anwesende Beschäftigte eine Ausnahme vorsehen, wenn alternative Maßnahmen wie Plexiglas- Schutzwände geschaffen wurden."

Jetzt kam mein Auftritt als Deus- ex- Machina.

„Gestatten Sie. Durch Umsicht meiner Frau bin ich mit einer zweiten, noch in Folie verpackten FFP-2-Maske ausgerüstet, mit der ich gern aushelfe."

„Sie kennen diesen...(leichtes Zögern)...Herrn?"

Inzwischen waren etliche Zeugen da, als ich die Maske übergab. Die Anprobe war erfolgreich.

Der Polizist hörte ein Schnarren in seinem

Headset. Er sagte abschließend:

„Ich werde den Vorfall dem Revierleiter vorlegen. Ob es Weiterungen gibt, werden Sie erfahren."

Mein Nachbar, obwohl nun korrekt maskiert, schien alle Lust am Einkaufen eingebüßt zu haben. Meine Einladung zu einem Cappuccino bei der Bäckerei im Eingangsbereich schlug er aus.

„Hab den Impfausweis nicht dabei. Bitte keinen Vortrag darüber, wie blöd das ist. Ich wollte in dieser Salzstadt nur ein bisschen Salz kaufen. Das Geld für die Maske bringe ich vorbei. Jetzt habe ich noch ein Hühnchen zu rupfen mit dem Leiter dieser Filiale".

E s wurden dann doch Würstchen mit Kartoffel-Salat. Mit dem Unterschied, dass für diese Würstchen keine Schweine, sondern Hühner ihr Leben ließen. Aus veganer Sicht kein Unterschied. Ich glich mit Senf aus.

Zeit für Mittagsruhe. Wird selbst von Wissenschaftlern empfohlen. Ugur Sahin und seine Frau Özlem Türeci werden allerdings so wenig rasten wie am Morgen ihrer Eheschließung, als der mRNA-Impfstoff erst noch vor der genialen Erfindung stand. Ich legte mich hin und griff zu einem Zeitungsartikel, den ich bei der Morgenlektüre zum gründlicheren Studium vorgemerkt hatte. Dieser Vorsatz ließ sich nicht halten...Ich döste weg...

Fand mich wieder in einem gigantischen, hoffnungslos überfüllten Stadion (Reste meines Wach-Bewusstseins protestierten: Da gehst du doch nie hin!). Aber jetzt nahm der Traum erst recht die Kurve zum Albtraum. Massen um Massen waren zusammengepfercht im riesigen Oval. Von Abstand keine Rede, die Masken oft verrutscht, reichten nur aus, um das allgemeine Missfallen diffuser im Ton zu machen. Zwei Drohnen tanzten über den Köpfen im langsamen Walzertakt, stürzten ab auf den leeren Rasen.

Scharfes Knacken im Lautsprecher-System. Dann die dröhnende Stimme des Stadion-Sprechers. „Versammelt(i)nnen! Die Regierung ist unzufrieden mit der Durchseuchung des Volkskörpers. Jeder Einzelne muss seinen Beitrag leisten zum Übergang von der Pan- in die Endemie. Das heutige Spiel fällt aus, weil zu viele Spieler gegen die Empfehlung verreisten und sich in allen Ecken der Welt infizierten. Bitte verlassen Sie geordnet das Stadion. Den Anordnungen des Sicherheitspersonals ist Folge zu leisten."

Die Ansage endete mit einem scharfen Knacken. Letzte Einstellungen in meinem Traum waren ein Regen von Sitzkissen, herausgerissenem Material der sehr viel härteren Sorte...Plötzlich ein irrer Schamane, der so aussah wie der Trump-Fan auf dem US-Kapitol...Aber das ist doch auch schon wieder so lange her...

Traumforscher sind sich nicht sehr einig darüber, was sie da erforschen. Sie sagen, das hätte etwas mit der Eigenpflege des Hirns zu tun, so eine Art Bereinigung der Festplatte unter dem Hut. Wie bei einem Hausputz nimmt das schlafende Hirn Fetzen von Erinnerungen und wirft sie weg. Mit dem Sinn, bedrohliche Ereignisse zu simulieren und daran zu üben, wie man Gefahren meidet.

Gründlich erschrocken, was da an zu putzender Unordnung sich angesammelt hatte, verschrieb ich mir einen scharfen Spaziergang.

D as hieß: Auf zum „Elbe-Seitenkanal". So wie der Name ist das der erfüllte Traum von Bürokraten: ein Bleistift-Strich, gezogen von der Elbe bis zum Mittelland-Kanal. Nur Romantiker sprechen von „Heide-Suez". Alles, was mal sperrig war in der Landschaft, war begradigt worden. Eine Skurrilität will es, dass der Kanal gelegentlich in einer Wanne *über* Straßen und Unebenheiten führt. Man kann ihn also auch unterqueren, über sich das kanalisierte Wasser wissend. Und außerdem gibt es da ein Hebewerk für

Schiffe, das 38 Meter in riesigen Fahrstühlen hinauf und hinunter überwindet.

Um der Spezies Binnenschiffer zu begegnen, muss man eine Weile auf den Wegen rechts und links vom Kanal laufen. Dann hört man sie: zuerst nur so wie eine ferne Disco mit besonders einfältigem Grundton. Dieser Sound passt sich der herben Landschaft an. Bis die Karawane (kann auch mehrere Schiffe umfassen) mit der Gemächlichkeit einer Wanderdüne weiter geht und die überholt, die schwächer zu Fuß sind. Aus all diesen Eindrücken schnitzte ich mir die Philosophie eines entschleunigten Lebens. Und begleitete die Boote mit Wohlwollen: was die da an Fracht hatten, könnte ja auch hektisch auf 800 Lastwagen die Straßen weiter verstopfen.

Das Ende meiner Fahnenstange war erreicht. Vorne standen die Ampeln des Hebewerks auf Rot. Um weiter zu gehen, müsste ich großräumig die Anlage zu Fuß umschiffen. Im Wartebereich: ein besonders behäbig aussehendes Schiff, das ein Scherzbold vor vielen Jahren auf den Namen „Kolibri" getauft hatte. Länge 89 Meter, Breite 9,62 las ich; Heimathafen: Uelzen. Der Diesel brubbelte leise vor sich hin, als sei er unabstellbar. Dabei war das Schiff ordentlich vertäut wie für einen längeren Aufenthalt. Mit ins Gesicht gekerbter Geduld (soweit das auszumachen war beim Bart vom Typ Kapitän Iglu): der Schiffsführer. Er schaute von leichter Höhe herab auf mich, als gehörte ich nicht zur selben Rasse.

„Moin Moin!", sagte ich artig.

Diesem Ausbruch von Geschwätzigkeit begegnete der Kapitän mit einem vorsichtigen:

„Moin."

„Na, wann geht 's denn weiter?"

„Gar nicht."

„Wieso? Hebewerk defekt?"

„Nö, ein Trog geht noch. Aber allein darf ich nicht. Der Rest von meiner 'Besatzung' ist praktisch desertiert."

„Wie geht denn so was?"

„Die Jungs haben unterwegs eine Party gefeiert. Versteh' sie ja. Ihr Leben ist nicht besonders aufregend. Aber hinterher waren sie po-si-tiv. Jetzt sind sie auf ihren Fahrrädern nach Polen gefahren, wo sie glauben, sie könnten sich irgendwie um die Quarantäne herumschummeln."

Kapitän Iglu sah in meinem Gesicht Anteilnahme. Er lud mich an Bord. In der Steuer-Kabine kämpfte ein Grundgeruch nach Diesel mit der würzigen Vergangenheit von tausend Pfeifen der kernigen Sorte von Tabak. Es gab überraschend viel Technik. Auf den Displays der Monitore ein Bild der gesamten Schleusenanlage.

Der Kapitän stopfte eine geräumige Pfeife und setzte sie mit einem Feuerzeug, dessen Flamme seitlich kam, in Brand.

„Hab schon gedacht: jetzt ist endgültig Schluss mit lustig. Das war' s. Hatte ja schon mein Warnsignal seit diesem Vorfall neulich."

„Was ist passiert?"

„Hab' mein ganzes Leben lang Kohle transportiert. Könnte 'nen Riesenberg sein. Plötzlich, an der Schleuse in Uelzen, waren mein „Kolibri" und ich 'ne 'Demo'. Ein paar Würstchen wollten mir beibringen, ich sei der Grund, warum alles zum Teufel geht, so mit CO_2 und Gedöns. Einer war dabei, das war so ein Feuerkopf. Er wollte meinen Kahn quer stellen wie diese verantwortungslosen Penner von diesem China-Gigant-Schiff da im Suezkanal. Dann kommen wir in die Zeitung, hat er gesagt. Hatte schon die Hand am Druck-Feuerlöscher. Irgendwann sind sie dann abgedackelt."

„Und wie geht es jetzt weiter?"

„Die Reederei will mir zwei Typen schicken, die ich wahrscheinlich normalerweise nicht einmal mit der Kohlenzange anfassen würde. Die von der Schleuse meckern: Du belegst Platz für den Werksbereich. Die vom Kohlekraftwerk nerven: Wo bleibt der Nachschub? Na ja..."

Die Pfeife wallte auf mit einem heftigen Zug.

„Irgendwann geht' s immer weiter. Irgendwann mache ich meine letzte Tour. Wie schon seit Jahren."

„Eine letzte Frage hätte ich..."

„Man zu!"

„Warum läuft die ganze Zeit der Motor?"

„Ist nicht im Eingriff. Trau mich nicht, den abzustellen. Die Starter-Batterien sind so alt wie meine Knochen."

Ich verabschiedete mich feierlich mit guten Wünschen. Der Kapitän wedelte sie weg wie den Qualm seiner Pfeife.

Auf dem Weg nach Hause dachte ich: Schon wieder ein geplatzter Traum. Einer vom entschleunigten Leben auf Fahrzeugen, die sich dem Tempo unserer Zeit entziehen, schon durch ihre Bauweise. Überall lauert der Stress.

Die Wohnung empfing mich unbestimmt feindselig. Vom Frühstück her waren da noch Hypotheken, die nach Ordnung riefen. Ich beschloss, aus der Zubereitung des Tees eine kleine Zeremonie zu machen, so in Richtung „High Tea". Der eiserne

Kessel aus Japan. Das Stövchen. Die breitschalige Tasse. Ich beließ es allerdings bei Keksen statt dieser höchsten Genüsse: ein anmutig sich wellendes Sandwich mit „Cucumber" (vulgo: einer Scheibe Gurke).

Dann machte ich mich an die vertiefte Lektüre eines Artikels, den ich mir bei der Morgenlektüre vorgemerkt hatte. Meine Zeitung „Die Welt" (seit einiger Zeit gerupft wie ein mausernder Vogel) hatte Deutschlands führenden Angstforscher Professor Dr. Borwin Bandelow Raum über zwei Halbseiten gegeben. Die Überschrift: „Wenn sich der Überlebens-Mechanismus quer stellt". Grafischer Blickfang war eine Spinne, herabhängend von ihrem Netz. Mitten ins Herz aller mit Arachnophobie zielend. Welche Erklärung hatte der „Senior Scientist an der Klinik für Psychiatrie und Psychotherapie der Universitätsmedizin Göttingen" für das Phänomen der Impfangst?

In diesem Augenblick, behaglich meinen Tee schlürfend (keiner da für hochgezogene Brauen) muss ich noch stabil gewesen sein. Empfänglich für einen Professor, der ganz bewusst nicht den Jargon der Wissenschaftlichkeit, den „elaborate Code" einer Insider-Kaste nutzte, sondern mit Humor seine

Ausführungen für Laien würzte.

Angst, las ich da, wird in uns an zwei verschiedenen Stellen verarbeitet. Die eine teilen wir mit den Tieren und ist überlebenswichtig: Achtung! Da kommt ein Zwanzig-Tonner auf dich zu! Das funktioniert blitzschnell. Das zweite Angstsystem wird vom Vernunftgehirn gesteuert und kann so komplexe Daten wie „Inzidenz" verarbeiten. Die beiden Systeme arbeiten ähnlich wie zwei Behörden im Rathaus: nicht notwendigerweise zusammen.

Wenn in einer Krise die Furcht das Steuer übernimmt, wird das logisch denkende Vernunftgehirn vom Dienst suspendiert. Das Angstsystem kann Panik machen. So könne erklärt werden, warum die Deutschen zu Beginn der Corona-Krise Mehl und Nudeln horteten. (Der Professor vergaß das Toilettenpapier, ein Index, der mit dem anerzogenen Reinlichkeitssinn gekoppelt ist).

Beim Versuch, die Motive der Impfgegner zu begreifen, gesteht Bandelow ihnen zu, eine Mehrzahl unter ihnen handele durchaus nicht leichtsinnig und fahrlässig. Drei Viertel von ihnen seien von Ängsten und Bedenken beherrscht. Gegen die Furcht vor Langzeitfolgen der Vakzine hilft auch nicht, dass bisher neun Milliarden Impf-Dosen verabreicht wurden, mit geringen Nebenwirkungen.

Nun spielt auch noch unser inneres Belohnungssystem eine Rolle, wenn es geschieht, dass die primitiven Teile des Hirns den denkenden Teil überrollen. Bei fanatischen Corona-Leugnern und Impfskeptikern kommt ein tief sitzendes Misstrauen in die moderne medizinische Forschung zum Tragen, gepaart mit der religiös anmutenden Gewissheit, Corona könne man mit natürlichen Selbstheilungskräften überwinden. Zumal weltweit, so der Professor, allen Impfgegnern eines gemeinsam sei: sie sind misstrauisch gegenüber der Regierung des Landes, sehen alle Maßnahmen nur als Vorwand für mehr staatliche Kontrolle.

Scheint ein hoffnungsloser Fall. Folgerichtig sagt der Mann, der alle auf die Couch legt: Wir sollten beim Thema Impfpflicht nicht auf das Angst,- sondern auf das Belohnungssystem setzen. Das Angstsystem ist so wirkungslos wie die Aufschrift „Rauchen tötet". Die Phase, in der man die Menschen mit Bratwürsten oder Bordell-Gutscheinen zur Impfung tragen konnte, ist vorbei. Bleiben Verweigerer, die zu überzeugen wäre wie dem Papst beibringen, dass er aus der Kirche austreten sollte.

Und die uralte Frage von Erich Kästner: Wo bleibt das Positive? Der Professor hat für die fanatischen Impfskeptiker nur dies: wir sollten ihnen entgegen kommen statt sie weiter in die Isolation zu treiben. Ihnen einen komplikationsfreien Krankheitsverlauf wünschen. Am Ende nur dies: „Es bleibt zu hoffen, dass, wenn Corona seinen Schrecken verliert, auch die glühende Ablehnung der Impfungen zurückgehen wird."

Nur die Spinne, die arme, ist tot, erschlagen vom archaischen Impuls aus uralten Zeiten, als sie noch pizzagroß und lebensbedrohlich waren. Nachdenklich machte ich ein wenig Ordnung. Wer hat da an der Uhr gedreht...es war Zeit für die Vorabendserie im Fernsehen...

Mit regional unterschiedlicher Zuordnung gibt es Kurz-Krimis. Wer war der Bösewicht? Welche Teams bringen ihn pünktlich in der Sendezeit zur Strecke? Der geübte Zuschauer kann den Mörder schnell entlarven: es ist der Schauspieler mit ein wenig

Prominenz. Sonst lohnte sich der Einkauf nicht.

In meinem etwas gereiztem Zustand fiel mir dies auf: Wir schreiten zügig im dritten Jahr der Pandemie voran. Selbst wenn man berechnet, dass auch dieses Genre einen Vorlauf braucht, so müsste doch allmählich ein gewisser Realismus in der Abbildung des Alltags einkehren. Sie wollen ja auch sonst bei der ewigen Hase-Igel-Jagd nach dem Bösen so viel Realismus und so viel Technik-Einsatz (Diese Rechtsmediziner! „Die Frau starb vor 96 Minuten durch Fremdeinwirkung. Täter hinterließ DNA. Rothaarig und weiblich. Näheres nach der Obduktion").

Aber gibt es Kommissare mit Masken? Teams mit AHA-Regeln?

Es ist, als ob es den Regisseuren peinlich ist, so wie wir hier alle herumlaufen. So etwas überlässt man den Nachrichten. Wenn es später wieder aufgeführt wird, könnten die Menschen ja sagen: wie sahen die denn aus? Wie nicht vom Planeten Erde. Und so sitzen sie weiter auf engstem Raum nebeneinander und bringen das Böse pünktlich in der zugemessenen Zeit zur Strecke (abzüglich Werbung).

Die Macken und Manierismen unserer Kommissare sind wohlvertraut. Nur manchmal dürfen sie darstellen, wie erschöpfend dieser ewige Kampf gegen das Böse ist. Nun auch noch die Herausforderung durch eine Pandemie? Wir wollen doch nicht übertreiben!

Zum Abendbrot gab es „Reiterchen", phantasievoll belegt mit allem, was der Kühlschrank barg. Dazu ein „Tannenzäpfle" aus dem Hochschwarzwald von der badischen Staatsbrauerei Rothaus AG mit Brauwasser aus sieben Quellen von Deutschlands höchstgelegener Brauerei. Was man so braucht, um auch aus den kleinen Dingen ein Fest im Alltag zu machen, mit Unterstützung durch Werbung.

Wie war mein Status zu diesem Zeitpunkt? In diesem Protokoll, mit dem ich Rechenschaft über meine Befindlichkeit abgebe, möchte ich zu diesem

Zeitpunkt verzeichnet wissen: gemäßigt gelassen. Die Anzahl schwarzer Gedanken ungefähr so ausgewogen wie die Zahl positiver und negativer Blutkörperchen. Alles an „g" an Bord, was man so braucht: zwei Mal geimpft und dann ein drittes Mal, aus Gründen des Gleichklangs: „geboostert". Digitaler Nachweis per Knopfdruck abrufbar. Leicht reizbar, weil von der Regierung infantil behandelt. In Gegenrechnung stand: die Infantilität der Regierten schien so exponentiell zuzunehmen wie der „R"-Wert der Seuchen-Verbreitung.

Es gibt keinen Grund mehr, um 19 oder 20 Uhr einen Punkt des Tages auszurufen, an dem eine Zusammenschau der Nachrichten kommt. Alles ist ja zu jedem Zeitpunkt abrufbar. Aber ohne Fixpunkte im Alltag, ohne Rituale kein organisiertes Leben. Ich war mal Mittäter in Hamburg-Lokstedt nahe Hagenbecks Tierpark. Wir hatten da eine Zeichnung. Zwei Männer verprügeln sich inbrünstig. Sagt der eine: „Wir müssen unterbrechen! Tagesschau kommt".

Verflossene Zeiten in einem Meer von Sendern. Das zentrale Lagerfeuer ist aufgelöst in tausend Flämmchen. Geblieben ist ein skurriler Konsens: das Abendprogramm fängt erst um 20 Uhr 15 an. Letzter

Reflex einer Haltung: man braucht davor einen Zeitpunkt, um dem Hirn zu sagen: gleich das mal ab mit dem Datenmüll, der sich häuft. Versuch dich an einer Skala von „was ist wichtig, was unwichtig". Nicht gerade im Licht ewiger Wahrheiten. Aber wenigstens geordnet und abgeglichen nach der Annahme eines Katalogs von Werten. Und ertrinke gefälligst nicht in deinen Zimmer in der Flut der Dinge!

In meinem Bericht über den „längsten Tag" messe ich dieser Tagesschau-Sendung keinerlei besondere Auffälligkeiten bei. Umso erstaunter war ich, dass ich mich noch während dieser 14-Minuten-Sendung (die 15. gehört dem Wetter) in zwei Ichs aufspaltete. Das eine nahm entgegen, wie stets bereit, an der Aufgabe aufgeklärter Zeitgenossenschaft arbeitend. Das andere Ich erlitt plötzlich eine Art Allergie - Schock. Und begann zu revoltieren.

Wogegen? Gegen das Dauer-Geräusch von Vermittlung entfernt von den klassischen W- Fragen: Was? Wer? Wann? Wo? Wie? Und der Königsfrage: Warum? Ich lehnte mich auf gegen die beständige Vermischung von Fakten mit der öffentlichen Haltung darüber. Ungerecht. Aber, zur Wahrheit ermahnt, gibt der Zeuge das so zu Protokoll.

Die Pandemie, vorfristig zum 15. Buchstaben des griechischen Alphabets ausgreifend in der Variante „Omikron", wütete in großen Zahlen. Das war aber überlagert von der allgemeinen Erwartung, dies sei nun die Art, wie wir von der Pan- in die Endemie finden.

Es hatte tagelang Vorfeld-Berichte über eine Video-Konferenz der 16 Landesfürsten mit Olaf, dem neuen Kanzler des Bundes gegeben. So etwas baut sich auf wie die Erwartungen an ein Konzil, bei dem es gilt, Glaubensfragen von Jahrhundert-Rang beizulegen. Die Fallhöhe von dieser Erwartung zu den kärglichen Beschlüssen ist beträchtlich.

Gegenwärtig sieht es so aus, als bereue der Kanzler eine seltene Festlegung: es werde bald eine allgemeine Impfpflicht für alle Erwachsenen geben. Ein Gesetz darüber müsse in einer Art Urzeugung im Parlament entstehen, wobei die Abgeordneten frei sein sollen wie bei Grundsatzfragen gegenüber Abtreibung oder Sterbehilfe. Geht wohl „ad calendas graecas" (die es bei den alten Römern nie gab).

Es schien mir so, als seien die, die sich da in einem „Ampel-Bündnis" zusammengefunden haben, freudlos in den Mühen der Ebene angekommen. Hoffnungslos weit weg von den sie leitenden

Utopien. Die Sozialdemokraten vom Sozialismus (wie immer), die Grünen von klimatischer Weltrettung, die Gelben vom Liberalismus (wobei die Phase „gelb" eh gesetzlich die kürzeste ist, festgelegt auf drei Sekunden bei Stadtverkehr).

Aus allen Ecken und Enden des Landes Meldungen über den „Widerstand" von Impfgegnern und „Querdenkern". Besonders pervers: so genannte „Montags-Demos" mit der Attitüde von Auflehnung gegen überwundene Tyrannei.

Wenn man dem Virus ein Wollen unterstellte, müsste es sagen: So ist es richtig! Idioten aller Länder - vereinigt Euch und tretet an als Wirtstiere für Sars-Cov2. Und noch so ein Gedankensplitter: „Widerstand" gegen Impfung ist wie ein Staubkorn, den die Schneeflocke zu ihrem Werden braucht. Bis sie zum Gestöber und dann zur Lawine wird.

Zum Aufmarsch, den Wladimir Putin an den Grenzen der Ukraine befahl, sagt Außenministerin Annalena Baerbock, das sei so, als ob der Fuchs sich von den Hühnern bedroht fühle und vorsichtshalber deren Stall niederbrennen wolle. Lustig. Aber meilenweit entfernt von der Technik, mit der einst ein Hans-Dietrich Genscher dickste Bretter bohrte.

Selbst das Wetter schien mir in meiner maroden Grundstimmung wie eine Verschwörung des grauen Einerleis gegen die Sonne, die in anderen Weltregionen so verschwenderisch ist.

Geduld! Brüllte ich mich selber an. So geht das nicht! Du brauchst Entspannung. Ein Blick auf das Angebot des Abends weckte keine zuversichtlichen Erwartungen. Was gibt die Mediathek her?

Wenn man sich selbst liest, wie man vor der von Bundeskanzler Olaf Scholz ausgerufenen „Zeitenwende"gedacht, gefühlt, gelebt hat, kann man sentimental werden.

Es gibt ihn nicht, den großen Schwamm, der alle Spuren auslöscht. Es gilt höchstens Erich Kästners Einsicht: es gibt keinen Neuschnee. Alles ist schon einmal gedacht worden. Man muss nur zynisch genug sein. Und da hatte ich schwere Defizite.

Ich glaubte, einen Anspruch auf Entspannung zu haben. Woher nahm ich dieses Denken? Jedenfalls teilte ich es mit so vielen, bevor...

N ach einem leichten Ringen mit technischen Problemen fand ich etwas, das mich ansprach. Weil sein Titel eine Referenz an Leonard Cohen war: „Ich bin dein Mensch". Die Etiketten waren: Romantisch. Melancholisch. Lebensklug im Gewand von Science Fiction (versagt ja heute meistens). Mit einer sehr weiblichen Perspektive auf die Zukunft. Völlig gerechtfertigt, nachdem die Kerle die Welt ruiniert haben. Regie : Marie Schrader. Es war ein Beitrag auf der 71. Berlinale, der nach der Kinozeit den Weg ins Fernsehen gefunden hatte.

Es ist die Geschichte von Alma (gespielt von Maren Eggert) und Tom dem Roboter (Dan Stevens). Alma hat im Museum einen nicht so aufregenden Job und forscht auf dem Gebiet sumerischer Keilschriften. Sie stimmt zu, an einer ungewöhnlichen Studie teilzunehmen. Sie soll drei Wochen lang mit einem auf ihre Bedürfnisse zugeschnittenen Roboter leben. Dessen künstliche Intelligenz ist darauf programmiert, ihr perfekter Partner zu sein.

Das so etwas noch in den Sternen steht, wird allenfalls angedeutet: Tom, Version 1, muss zurück zu den Entwicklern: Software-Anpassung. Aber dann: der reparierte Tom.

Er hat einen leicht britischen Akzent und erinnerte mich an Bertie Wooster. Erste Übertreibungen aus dem Lehrbuch für den perfekten Liebhaber korrigiert er selbst. Leider gehört es zu Toms Unfehlbarkeiten, dass er wie nebenbei enthüllt, dass Almas Forschung im Museum schon von anderen getan ist. Alma betrinkt sich, Tom verordnet ihr Schlaf. Wunderbares Szenen-Detail: auf einem Ausflug mit Tom ist der umgeben von den Erzsymbolen für das scheue Wild: Rehe und Hirsche. Aber sie nehmen ihn nicht einmal wahr.

Tom erklärt: Ich rieche eben nicht wie ein Mensch.

In den Kulissen des Pergamon-Museums kommt es zum ultimativen Test auf Toms Männlichkeit, die er glorreich besteht (die Entwickler müssen sehr ehrgeizig gewesen sein).

Aber dann bittet Alma, das Projekt mit Tom zu beenden. Als Gutachterin spricht sie sich nach diesen Erfahrungen gegen die Idee perfekter Partnerschaft mit künstlicher Intelligenz aus. Ein anderer, ein männlicher Teilnehmer an der Studie, erklärt sich für sehr glücklich mit einer für ihn geschaffenen weiblichen Intelligenz...(na ja, so sind sie eben, die Männer...)

Am Ende flieht Alma nach Dänemark, wo ihre Jugendliebe unerfüllt blieb. Wer ist schon da? Tom! Er hat auf sie gewartet. Alma legt sich an die Stelle, an dem sie immer geglaubt hatte, ihrer Jugendliebe ganz nahe zu sein. Wenn sie dann die Augen öffnete, war diese Illusion verschwunden.

No happy end.

Vor meiner Rückverwandlung in den durch Nachrichten bestärkten Zeitgenossen hatte ich noch ein wenig Zeit, über den Fortschritt von R2D2 zu Tom nachzudenken. So lange ist das ja auch nicht her, dass ein piepsender Werkzeugkasten namens R2D2 uns gerührt hat mit seiner unerschütterlichen Treue. Sein Vokabular war „Bilüp, tütnüt, schlüürp" und er brauchte einen humanoiden Kumpel namens C-3PO als Dolmetscher. All dies gehört zur Welt von Star Wars. Zu der von George Lucas, der übrigens den Namen erfand, als ein Tontechniker „reel 2, dialogue 2", Rolle 2/Dialog2" anforderte. Irgendwann und noch rechtzeitig hatte ich die galaktischen Weltenkämpfe verlassen, weil sie mir so verdächtig symbolgeladen schienen für die Verfassung unseres armen kleinen blauen Planeten.

Der Weg von R2D2 und C-3PO, diesen Blechkameraden, die wie Stan Laurel und Oliver Hardy funktionierten, zu Tom, programmiert als perfekter Liebhaber, gescheitert an den nur Menschen möglichen scheinenden Liebeskonflikten - war das nicht ein Quantensprung sondergleichen? Vom Denken im Analog-Zeitalter zu den letzten Fragen einer zweiten Welt namens Künstliche Intelligenz?

In meinem Zustand – durch intelligente Unterhaltung geneigt zu träumerischer Utopie - war da ein Tom, mit dem man sprechen konnte wie manche reden mit ihren Sprach-Assistenten „Alexa" oder „Siri".

„Tom!"

„Dienstbereit."

„Mein Lachen entschwindet mir. Hilf mir bei der Suche!"

Tom (leicht britischer Akzent, sieht etwas vernagelt aus wie Bertie Wooster nach einem Gespräch mit Butler Jeeves über letzte Fragen der

Menschheit):

„Eine allgemeingültige Formel für das Lachen und für Humor gibt es nicht."

„Warum nicht?"

„Das Lachen ist eine Beigabe zum nicht-logischen Denkgebäude der Menschheit. Geprüft von den gegenwärtig vorherrschenden Schulen der KI-Logik erscheint der Aufwand zur Erforschung des Humors als zu hoch."

„Tom! Müsstest Du nicht Dein Programm zur Selbstzerstörung auslösen, weil Du angesichts einer scheinbar so leichten Aufgabe versagst?"

„Meine Existenz-Logik ist so programmiert, dass ich alle menschlichen Aktivitäten durch das Prinzip ewiger Selbstverbesserung übertreffe. Bevor ich abgelöst werde durch weitere Systeme verweise ich auf Humor - Mechanismen der simpleren Art wie bei Sprach-Assistenten."

„Zum Beispiel?"

„Da ist die Frage: wer ist die oder der das Schönste im Land?"

„Ist einfach: Schneewittchen."

Tom grinst wie die Katze bei Alice im Wunderland.

„Das ist die Antwort des Märchens."

„Und Deine?"

„Allen, die in den Spiegel schauen, nenne ich sieben Adressen von Schönheits-Chirurgen in der Nähe, mit GPS-Daten ihrer Erreichbarkeit."

„Tom!"

„Yes Sir."

„Scher Dich zum Teufel."

„Befehl unausführbar wegen mangelnder Präzision des Ziels."

S pätnachrichten. Bühne frei für Karl Wilhelm Lauterbach. Dem Gesundheitsminister, der aus der allgegenwärtigen Existenz in den Talkshows wie durch den Druck allgemeiner Erwartung auf die Seite der politisch Handelnden geschleudert wurde. Mit der Begabung, Wissenschaft und Vorhersage in sich zu vereinen.

Kassandra war so schön wie Aphrodite. Aber ein früher Fall von femininer Selbstbehauptung. Sie wies die Avancen von Apollo zurück. Der dachte sich eine geniale Strafe aus. Kassandra war fortan mit der Gabe geschlagen, das Unheil vorauszusehen, ohne dass die, die sie warnte, ihr Glauben schenkten. Das ging hin bis zu dem Meisterstück, das trojanische Pferd zu missachten, in dessen Bauch unheilvoll die Soldaten der Eroberer waren.

Meine Großmutter fand Schillers Gedicht über Kassandra und ihre Klage so wunderbar anwendbar auf mehr banale Dinge.

Warum gabst du mir zu sehen
was ich nicht wenden kann...

Nur der Irrtum ist das Leben,
und das Wissen ist der Tod

Meine Blindheit gib mir wieder
und den fröhlich dunklen Sinn...

Damit kann man so manchen Patzer literarisch und „gebildet" (ihr höchstes Werturteil) ausbügeln.

Immerhin gibt es den auch wirtschaftlich geerdeten „Kassandra-Effekt". Der besagt: Eine pessimistische Prognose kann der Anstoß sein, die zu erwartende Verschlechterung durch gezieltes Handeln abzufangen und zu verbessern.

Mit dieser Überlegung war ich ruckartig wieder bei Karl Lauterbach. Schade, dass er die Fliege, die er früher trug, abgelegt hat. Der Herr Professor konnte den weiten Weg gehen vom Katheder bis zum Impfen auf der Straße. Und nun musste er uns erklären, warum es erst noch einmal richtig schlimm wird, bevor wir, in allgemeiner Impfpflicht geeint, den Ausgang finden.

Das mit der Pflicht war überraschend. Denn wer sollte besser geeignet sein, an innere Führung ohne Gesetzesstrafen zu denken als dieser Mensch? Der noch keinen Kompass dafür zu haben scheint, was politisches Anleiten der Menschen heißt. Zumal von denen in verwirrten Zeiten. Was sollen sie von ihren Politikern halten, wenn die – es ist noch nicht so lange her - um zwei Uhr morgens geweckt, gesagt hätten: „Eine Impfpflicht wird es niemals geben". Wie schaltet man so etwas um, so dass es nun mit gleicher Inbrunst heißt: Sich-Impfen-Lassen ist die erste Bürgerpflicht...?

Mein Finger schwebte über dem Aus-Knopf. Da passierte doch noch etwas Überraschendes. Auftritt Christian Drosten, Chef-Virologe der Berliner Charité. In seinen Podcasts hat er uns teilnehmen lassen am Denken eines Virologen, mit all den Differenzierungen, bis er sich selbst Abstinenz verschrieb, weil die Zuhörenden nach Abkürzungen lechzten. Bis wir mit ihm überzeugt waren: es wird nie wieder sein als wie zuvor. Ein schwäbisches „Isch over" bei der Pandemie: nicht abzusehen.

Ja, sagt Christian Drosten, durch das Impfen fällt es dem Virus schwerer, überall anzukommen. Aber auf Dauer könne man nicht durch beständiges Nach-Impfen immunisieren. Das Virus selbst müsse in der Bevölkerung Infektionen setzen, es müsse laufen.

Mir kam der Gedanke: meint er, wir müssten dieser finsteren Gottheit mit dem von uns gewählten Namen „Omikron" Opfer bringen? Das würde er gewiss weit von sich weisen. Aber was heißt das: Man müsse die Alten durch „Boostern" so weit wie möglich schützen? Und große Teile der Bevölkerung mit neu ausgerichtetem Vakzin versorgen. Aber die Hauptantwort werde beim Virus selbst liegen, es ist die Instanz, die das große Update schafft.

Das war eindeutig ein neuer Tonfall, den Karl Lauterbach vorerst nicht duldete. Aus seiner Logik als nun auf die Seite der Macher Gewechselten (oder Getriebenen) durfte es keine „schmutzige Impfung" durch Omikron geben. Wir sind die mit dem Piks, nicht das Virus mit seinen unabsehbaren Varianten. Zu meinem Arsenal gehört das Robert-Koch-Institut. Ich bin ermächtigt, einem General zu befehlen.

Aber indem er einsam, gestützt auf „die" Wissenschaft, darüber entscheidet, wer und wie lange nun jemand als genesen gilt, legt er sich Schlingen um den Hals. Wer ist schon wahrhaft Herr in diesem furchtbaren Schlamassel, in dem wir stecken?

Der Mann mit der traurigen Stimme. Wie dicht ist er am Ritter von der traurigen Gestalt, dem Kämpfer gegen die Windmühlen der Illusion?

Verzweiflung ist gewiss kein Konzept für ein nach vorn angegangenes Leben. Wie weit ich unter dem Druck dieser einen Katastrophe vorangeschritten war, schrieb ich auf. Ohne zu ahnen, was sich wie ein zweites Verhängnis aufbaute. All die vielen Nachrichten über einen Aufmarsch russischer Truppen an den Grenzen zur Ukraine, getreulich verzeichnet von unzähligen Kameras in unzähligen Satelliten: zur Kenntnis genommen. Abteilung: auch das noch. Belastung des Hirns, das sich listenreich zu unserem Schutz durchschlagen muss.

War da noch mehr? Eine zweite Verneinung dessen, was das Leben auf dem blauen Planeten ausmachte?

Und dann beging ich den ersten von zwei mörderischen Attacken auf meinen Schlaf. Ich zappte weiter zu einer Talkshow mit dem Titel „Verlieren wir unseren Lebensmut?"

Versammelt waren die durchaus üblichen Diskutanten in diesen pandemischen Zeiten. Der Makro-Soziologe. Der gesellschaftliche Psycho - Therapeut. Die vom Ethikrat. Epidemiologen und Virologen. So genannte „Modellierer". Die mit dem Horror-Blick hinter die Fassaden der

Intensivmedizin. Eine Magazin-Journalistin. Zuschaltbare Politiker. Als Moderatorin eine, die den Stil gehobenster Plauderei kombinierte mit Archiv-Material, auf Knopfdruck abrufbar. Wie eine, die ein Orchester dirigiert.

Auch das werden nur Sandkörner sein, die in der Riesen-Eieruhr der Zeit durchlaufen, dachte ich altmodisch-analog. Aber dann war da einer, der störte, verstörte, in dieser geölten Maschinerie.

Vorgestellt worden war er nur mit dem dunklen Etikett „zeitgenössischer Schriftsteller". Als ihm endlich das Wort erteilt wurde, schwang er die ganz große Glocke. Sein Tonfall: der von Cicero mit seinem „quo usque tandem". Ungefähr so:

Was ist das Leben noch wert unter einem solchen Damokles-Schwert? Was bleibt uns von den ganz großen Menschheits-Versprechen „Life, Liberty and the Pursuit of Happiness"? Das Virus stirbt, wenn es sein Wirtstier umbringt. Aber schlimmer noch als dieser doppelte Sieg über den Körper ist der über den Geist, den Lebensmut, dem Glauben an eine Zukunft. Schon sind Millionen von Kindern geboren, die nichts anderes kennengelernt haben als die Formel „homo hominis virus" - der Mensch ist dem Menschen nicht ein Mitmensch, sondern nur eine

Virusquelle.

Haben wir unter unseren Masken wahrhaft den ganz großen Gemeinschafts-Gedanken: Wir schaffen das? Wenn es vorbei ist: Merken wir das überhaupt? Oder haben wir uns an die Angst vor dem Sterben so gewöhnt, dass wir gar nicht mehr auf das Leben umschalten können? Haben wir einen Gesundheitsminister, der nur Einschüchterung kennt als Mittel der Politik? Der nicht sieht, wie sich das Land zerstreitet und wir dabei viel mehr verlieren als die Unbelehrbaren...In diesem famosen Land des amoklaufenden Föderalismus...

Die anderen in der Talkshow-Runde lächelten wie die, unter denen ein Kind die Keckheit hatte zu sagen: „Aber der Kaiser ist ja nackt". Die Moderatorin sah so aus, als wollte sie über diesen Gast ein Tuch stülpen. Die gut geölte Show, wobei jeder seinen Garten bestellt, schien ins Stocken zu geraten. Da kündigte sich wegen erschöpfter Sendezeit das Ende an.

In meinem Hirn hatte der Mann Widerhaken gesetzt. Ich schaltete den Fernseher aus. Machte mich fertig für den kleinen Bruder des Todes. Und hämmerte den zweiten Zimmermanns-Nagel in den Vorsatz, per Schlaf die Batterien wieder aufzuladen:

ich griff wie gewohnt zum Buch.

Mit dem Gewicht meiner gegenwärtigen Lektüre (877 Seiten) hätte ich ernsthafte Probleme, dies auf meinem Kopfkissen zu balancieren. Als spätes Kind des digitalen Zeitalters hatte ich die E-Book-Variante gewählt. Von Ken Folletts Roman, dessen Titel englisch nur lautet: „Never". Deutsch glaubte der Verlag ergänzen zu müssen: „Die letzte Entscheidung".

Zugegeben: Die Idee, sich zu entspannen beim jüngsten Werk dieses international erfolgreichsten Schreib-Unternehmers unserer Zeit war ausgesprochen bescheuert. Ein Mensch, der jammert, er verlöre seine Resilienz, seine Gelassenheit, seine Heiterkeit, sein Lachen, sollte sich nicht gruseln lassen von einer Vision, wie unsere Welt nun doch nicht mit einem Winseln, sondern mit einem Knall endet. Weil die letzte Entscheidung mit eben der Automatik daherkommt, wie wir alle in den Ersten Weltkrieg hineinstolperten.

Der 2018 geadelte Waliser Kenneth Martin Follett hat in 40 Jahren 30 dickleibige Romane geschrieben.

Er tut das mit einem Stab von 20 Mitarbeitern, die er das „Follett Office" nennt: Herr der Phantasie, doch geerdet durch Recherche. So gab er uns auch die Jahrhundert-Trilogie mit den wuchtigen Titeln „Sturz der Titanen", „Winter der Welt" und „Kinder der Freiheit". Die Technik, mit der er uns einfängt, ist immer gleich: wir dürfen in die Köpfe, Seelen und Abgründe seiner Figuren hineinblicken. Weil Ken ein autokratischer Erzähler ist: absolutistischer Herrscher seiner von ihm geschaffenen Kreaturen. Für die er versteht, unsere Anteilnahme zu wecken. In „Never" geht es ums Ende der Welt, geschaffen aus Verstrickungen in eine militärische Logik, die unbesiegbar scheint.

Nach sehr viel Sahara und Schicksal einer jungen Afrikanerin aus dem Tschad sind wir eingeladen, im Kopf von Pauline Green zu sein, der ersten Frau im Amt der US-Präsidentschaft (geplagt von einem Typen, der wie Donald Trump Radikalität predigt). Pauline hat eine heftig pubertierende Tochter namens Pippa und einen untreuen Mann.

Zu den Pflichten einer US-Präsidentin, die zugleich die Oberbefehlshaberin über ein unermessliches Arsenal an Vernichtungswaffen ist, gehört der Besuch des Ausweichquartiers für das

Weiße Haus im Kriegsfall. Nun ja, wenn es denn sein muss: Pauline besucht „Munchkin Country" auf relativ kurzem Hubschrauberflug. Der Spitzname stammt aus dem „Zauberer von Oz", allen Amerikanern von Kindheit an vertraut. Einer vom Militär erklärt pedantisch, was nach einem Angriff abzulaufen hat. Pauline beschließt innerlich: sollte ich je hierhin kommen, habe ich als Anführerin meines Landes versagt.

An dieser Stelle im Buch hatte ich mich daran erinnert, wie ich im Laufe meines langen Journalisten-Lebens einmal in den Cheyenne Mountains war. In den Granit hineingetrieben: eine ganze unterirdische Stadt, die „danach" überleben sollte. Mit nur einer Logik: von hier aus läuft die Rache für das, was aber jenseits der Granit-Mauern zerstört ist. Die von allen getragene Vorstellung: Das Böse kommt aus dem Osten, aus dem Kreml.

Ken Follett verwendet in seinem Unheils-Buch keine Sekunde lang einen Gedanken an das ehemalige Reich des Bösen. Es gibt nur das Gegeneinander von Washington und Peking.

So wie wir im Kopf der US-Präsidentin sind, so lernen wir mit dem chinesischen Mann vom Geheimdienst Kai eine Welt und deren inneren

Antrieb kennen. Alle von Rang in Chinas politischer Maschinerie haben ein Trauma, das ihnen gar nicht selbst widerfahren ist: den Untergang der Sowjetunion. Wenn man in den Rang des kommunistischen Narrativs gekommen ist, kann man doch niemals von der Geschichte entsorgt werden! Die errungene Macht darf niemals gefährdet werden. Obwohl wir ahnen: dieser Kai gehört zu den Jüngeren. Einer , der sich wehren muss gegen die Betonköpfe der Militärs, sogar gegen den eigenen Vater.

Was zum Verhängnis der Welt wird, beginnt mit einem sehr wahrscheinlichen Szenario: in Nordkorea meutern Offiziere. Sie nehmen ihren Anteil an Nuklearwaffen mit. China verachtet Nordkorea, hat aber das Überleben dieses Gernegroß-Staates garantiert.

Die US-Präsidentin hat zwar viel mehr als das berühmte Rote Telefon im Kalten Krieg: Sie kann jederzeit sprechen mit dem chinesischen Staatspräsidenten Chen. Aber das nutzt nichts.

Pauline ist allein mit ihrem Sicherheitsberater Gus Blake. Sie liebt ihn heimlich. Die Szene hat starke erotische Schwingungen, als Pauline sich erklären lässt, was im schlimmsten Fall passiert. Und Gus

Blake greift ins Volle und beschreibt das Ende. Wie die Vernichtung abläuft: Ken Folletts Rechercheure haben volle Arbeit geleistet.

Ich tat etwas, was nun wirklich frevelhaft ist: ich erlaubte mir, einen Blick voraus zu werfen auf das Ende des Buches. Ahnte ich es doch: Pauline Green hat, unter unentwegter Selbstverachtung, so handeln zu müssen, die letzte aller Entscheidungen getroffen. „Sie hatte das Gefühl, als würde ihr das Herz zerspringen. Und dann, endlich, weinte sie. ENDE."

Was war da noch zu beweinen? Wer war da noch für Trauerarbeit und den Abgesang auf das Leben? Wer wirft der guten alten Erde, dem blauen Planeten, einen Kranz hinterher? Am Schluss war das Ding ja von Krankheiten geplagt. Game over.

Die Leidenschaft, das Ende der Welt literarisch zu beschwören, hängt vermutlich mit TNT pro Kopf zusammen. Das ist die Zahl, wie oft die Menschen „übertötet" werden können. Wir haben es so herrlich weit gebracht, dass wir alles auf diesem Planeten pulverisieren können. Nur kosmisch gesehen bleibt das unerheblich. Der zerstörte blaue Planet zöge weiter seine Himmelsbahn. Es ist nur keiner mehr da, der die Frage nach dem Sinn stellt.

Hatten Ken Follett und sein Team wirklich in die Zukunft geschaut? Mit unserem Wissen um den Krieg Russlands gegen die Ukraine erscheint das als absurd. Weil sie festhält an der Idee, entscheidend sei nur die Bipolarität USA – China.

Einer der großen Erzähler unserer Epoche entlarvt sich als einer, der den Elefanten im Raum nicht sieht. Wie traurig, wie vernagelt, wie nah uns allen, uns, den Traumtänzern. Wenn es darum geht, wie wir alle als Wiederholungstäter der Geschichte in den Abgrund stürzen wie die Lemminge über die Klippen, dann bitte alles, was vorstellbar ist bei „Der Untergang. Endspiel. Zweite Ausgabe."

Die Macht des Narrativs im Kopf von Wladimir Putin, gestützt auf das gewaltigste Arsenal von

Vernichtungswaffen – das muss erst noch einen neuen Meister von „Krieg und Frieden" finden. Nur geht das nicht in seinem Land. Nicht, ehe es aufwacht aus einem Albtraum, der es zum Paria unter den Völkern machte.

Ich sehe mich selbst in tiefer Nacht ein Buch schließen, das ich niemals hätte lesen dürfen. Wie ich nun weiß, ist die Fiktion des Apokalyptischen nur ein matter Abglanz von dem, was in der so genannte Realität geschehen kann. Ich bin gewiss nicht dessen Erzähler.

Ich bin „nur" einer, dem die Worte ausgingen bei der Musik zur Hymne auf die Freude. Auf der Suche nach dem verlorenen Lachen. Für das ich dann Zeugnisse fand, die mich so berührten, dass ich allen Gleichmut zusammenraffen musste, um der Welt weiter als einer zu begegnen, der nicht als verhaltensauffällig gilt.

Das Hirn muss Mechanismen zu seinem Schutz haben, die ganz praktisch funktionieren. Nach allen Erwartungen konnte ich mit die Idee auf Schlaf in die zerzausten Haare schmieren. Doch plötzlich schien die Sonne über einem Stück Atlantik von so betörender Schönheit, dass ich verzaubert war.

Der Trick meines Hirns hatte mich verwandelt in José Benardo. Ich hatte Geld wie Heu. Die Menschen nannten mich „Joe Gold", weil ich meinen Reichtum in Südafrika erworben hatte. Ich hatte ein Gelände oberhalb von Funchal auf Madeira gekauft, so groß wie ein Golfplatz. Alles war noch wüst und leer, herausfordernd steil, unter wunderbarer Sonne.

Um mich versammelt die Landschafts- und Garten-Gestalter aus aller Welt. Sie harrten meiner Befehle. Das Schönste auf dieser Welt, das mir auf meinen Reisen begegnet war, wollte ich im Modell nachbauen. Für einen zentralen Palast sollte mir als Vorbild ein Prachtbau am Rhein dienen. Die schönsten Gärten, chinesisch, japanisch, die heimische Steigerung der Blütenpracht - alles zu mir. Und das Ganze möchte ich gekrönt wissen durch Schautafeln über die Geschichte der Menschheit von Moses an. Ein Weg wie im Märchen mit nur einer Richtung: zum Paradies. Bitte verschonen Sie mich mit Einzelheiten und streiten Sie nur zum höheren Ruhm des Ganzen. Sollte meine Schatulle einmal leer sein bevor sich meine Vision erfüllt: ich bin sicher, dass meine Idee so bestechend ist, dass sie als Allgemeingut fortgeführt wird. An die Arbeit!

Kaum hatten sie die ersten Schautafeln über die Geschichte der Menschheit gesetzt, brach unter ihnen ein furchtbarer Streit aus. Wer hatte das Recht auf Darstellung und wie war das zu machen... Die letzte Einstellung in meinem Traum, vor dem Blackout, war ein riesiges Feld von Bella-Donna-Blumen, ebenso schön wie giftig...

In meinen Traum oder in die ihm folgende Blackout-Phase schrillte das Telefon. Mit einem Annäherungswert an die Lichtgeschwindigkeit (ist ja auch relativ) legte ich die gewaltige Strecke von der Gewissheit, die Erde sei im Eimer über das Madeira meiner Träume bis zum Erwachen zurück und heuchelte Munterkeit. Aber an meiner Stimme erkannte die beste Ehefrau von allen sofort, dass nicht alles in Ordnung war.

„Hast Du etwa um diese Zeit noch geschlafen?"

„Na ja...ich habe noch Ken Folletts Buch 'Never' ausgelesen...oder beinahe..."

„Hab ich schon längst. Wir haben das ja gleichzeitig als E-Books begonnen. So ein Buch ist nichts für Menschen wie Dich. Aber nun zu heute!"

„Wie ist das Wetter?"

„Ist ja Nordsee. Wenn sie gerade mal zu Hause ist. Wir überlegen, ob wir zu Fuß übers Watt mach Hamburg laufen..."

„Neuwerk!" warf ich kundig ein. „Vergesst ja nicht die Gezeiten-Tabelle!"

„...oder ob wir, Deine mutigere Tochter und ich der Angsthase, per Katamaran nach Helgoland fahren."

„Helgoland ist das Sansibar meines Lebens".

„Ich weiß. Wir sind jetzt in Eile. Haben uns gestern noch Spezial-Masken der Marke 'sturmerprobt' gekauft. Alles Weitere, wenn ich wieder zurück bin. Was machst Du heute?"

„Ich muss etwas suchen, was ich verloren habe."

„Na dann: viel Erfolg beim Suchen!"

Das Gespräch war zu Ende. Es rauschte noch in der Leitung wie abebbend.

Nachdenklich legte ich auf.

Und nun ist es endgültig Zeit, sich dem zu stellen, was die Etiketten „Zeitenwende" und „Zivilisationsbruch" trägt.

Wenn man es auf die Goldwaage legt, ist das Wort von der „Zeitenwende" unscharf. Nicht die Zeit wendet sich, sondern unsere Ansicht über sie. Gemünzt wurde es von Bundeskanzler Olaf Scholz drei Tage nach Beginn des Krieges gegen die Ukraine. An diesem Sonntag versprach er, sichtlich benommen von geschichtlicher Wucht, für unsere Verteidigung hundert Milliarden zu einem Sondervermögen zu bündeln.

Fern sei mir die Vermessenheit, in dieser leicht märchenhaften Geschichte vom verlorenen Lachen über den mörderischen Krieg in der Ukraine wie ein Augenzeuge zu reden. Ein Freund schickte mir ein wunderbares Zitat von Mark Twain. „Der Unterschied zwischen dem richtigen Wort und dem beinahe richtigen ist der zwischen einem Blitz und einem Glühwürmchen." Englisch noch schöner: „between lightning and lightning bug." Indem ich darüber rede, wie es mir erging, dem Mit-Erleider des Krieges, hoffe ich nicht zu verglühen.

Mit nur ein paar kargen Worten sei nachgezeichnet, wie es zum Bruch der Zivilisation kam. Zur schwersten Existenzkrise seit Kuba 1962, von dem wir erst später erfuhren, wie dünn der Faden war, an dem das Damoklesschwert planetarer Vernichtung über unseren Köpfen war.

Nach vier Monaten Daueraufmarsch an den Grenzen der Ukraine hielt der Historiker Wladimir

Putin am 21. Februar 2022 in tiefer Nacht einen einstündigen Vortrag. Gegründet auf das Axiom, der Zusammenbruch des Sowjetreichs 1971 sei der größte anzunehmende Unfall, eine geopolitische Katastrophe, die es zu revidieren gelte. Der Ukraine gestand Putin keinerlei eigenständige Staatlichkeit zu. Sie sei in die Hände von Faschisten gefallen, sei auf Völkermord an den Russen aus. Schon Lenin habe mit einer Teilautonomie für diese Sowjetrepublik einen historischen Fehler begangen. Nun sei es an der Zeit, die Geschichte neu zu schreiben.

Die Welt hörte nicht zu. Zumal die erste Folge von fast lachhafter Asymmetrie war. Das im Kreml in gewohnter Zarenpracht tagende Sicherheitskabinett beschloss, die seit acht Jahren umkämpften Regionen Donezk und Luhansk zu selbständigen Staaten zu erklären.

Dabei kam es einer schrillen, öffentlich übertragenen Kontroverse, die geradezu brüllend die Atmosphäre an Putins Hofstaat transportierte. Der Chef der Spionage Sergej Naryschkin stotterte beim Aufruf zur Loyalität. Putin: „Würden Sie oder werden Sie zustimmen?" Neues Stammeln. Schließlich: „Ja, ich will auch die Donbass-Regionen erobern." Putin: „Haben Sie denn nicht verstanden, wie das heißt? Wir rufen zwei selbständige Staaten aus."

„Ja, will ich auch."

Der Chef: „Na geht doch."

E s war ein Stück Narretei eingebaut in eine Tragödie von höchster Wucht. Es gelang dem Zahlen-Mystiker Putin nicht, die Welt genau am 22.2.2022 zu überraschen. Es geschah zwei Tage später. Im Morgengrauen des 24. Februar 2022 gingen die Manöver-Truppen zum vollen Angriff auf die Ukraine über. Putin war das Kainsmal des Brudermörders egal. Der Überfall kam in der gewissen Erwartung, das Land in 72 Stunden erobert zu haben. Deshalb brauche man auch keine größere logistische Vorbereitung.

Nach dem grandiosen Scheitern der Idee, ein 46-Millionen-Volk wie nebenbei zu erobern, begann Phase B: ein Terrorkrieg, auch und systematisch gegen die Zivilbevölkerung. Jedes Smartphone in den Händen der Überfallenen wurde fortan zum Tribunal der Anklage. Präsident Selenskyj, angesprochen auf Hilfe zu seiner Flucht, sprach den legendären Satz: „Ich brauche keine Mitfahr-Chance. Ich brauche Waffen." Fortan war der der Ernst Reuter, der einst für sein Berlin einforderte: „Ihr Völker der Welt, schaut auf diese Stadt." Nun waren alle aufgerufen, dem Morden nicht untätig zuzuschauen. Dies war möglich, weil das zerstörte ukrainische Internet-System durch die Starlink-Kette von Elon Musk ersetzt wurde.

Die Welt fuhr ihr Programm „Sanktionen" hoch. Es war wie das Verhältnis einer anfliegenden Rakete zu dem Gedanken: man müsste die Vorrichtung zum Abschuss verbieten. Wladimir Putin war längst unerreichbar für den Gedanken, sein Volk zum Paria der Weltgemeinschaft gemacht zu haben. Die größte Fluchtwelle seit dem Zweiten Weltkrieg ergoss sich in die Nachbarstaaten.

Aber mitten in all dem Leid kehrten die Ukrainer

die Waffe des Lachens gegen den Aggressor. Zeigten einen unbändigen Humor hinter dem Tränen. Der von prinzipieller Unbesiegbarkeit kündete.

Ausgefallene russische Panzer säumten die Straßen nach Kiew. Mit Defekten oder aus Treibstoffmangel. Was für ein Bild, wenn ein ukrainischer Kleinwagenfahrer hoch zum Turm des Koloss auf Ketten ruft: „Brüderchen! Hast Du Dich verfahren? Ich schlepp' Dich ab, wo Du hingehörst...zurück nach Russland."

Aufgefordert, die Straßenschilder zu verdecken, um den Feind zu verwirren, ergaben die im Kreis laufenden Schilder das Wort „Zur Hölle mit Euch." Sogar die ukrainische Steuerbehörde fand zu diesem Lachen. „Wenn Sie einen russischen Panzer erobert haben, bleiben Sie ruhig und verteidigen Sie weiter das Mutterland. Machen Sie sich keine Sorgen um Ihre Einkommenssteuererklärung. Sie müssen erbeutetes Gerät nicht deklarieren, weil die zumeist beschädigten Sachen nicht die Geringfügigkeits-Schwelle übersteigen."

Zu den ersten Kriegshelden der Ukraine wurden die Soldaten der „Schlangen-Insel" an der Grenze zu Rumänien. Aufgefordert, sich zu ergeben, funkten sie: „Russisches Kriegsschiff! Legt Euch gehackt!"

(Ich will das mal so übersetzen, der legendär gewordene Spruch lautet „Fickt Euch selber!")

Nach dem Übergang zu systematischen Terror an der Zivilbevölkerung wiesen viele Straßenschilder nur noch in eine Richtung: nach Den Haag, wo der Internationale Strafgerichtshof sitzt. Unzählig die „Durchfahrt Verboten"- Schilder mit dem durchgestrichenen Putin-Konterfei.

Der ukrainische Staatspräsident Wolodymir Selenskyj ist jüdischen Glaubens. Der in Jahrhunderten entstandene jüdische Humor ist in Jahrhunderten der Verfolgung entstanden. Der „Witz" über Selenskyjs Mutter erreicht eine fast unauslotbare Tiefe der menschlichen Tragikomödie. Die Mutter wird gefragt, ob sie nicht unbändig stolz sei auf ihren Sohn, weil er ja der ganzen Welt das Beispiel an Mut und Führungskraft zeige.

Die Mutter antwortet so: „Ja. Schon. Aber ich habe zwei Söhne. Der andere ist Arzt."

U nd wie steht es um das Lachen im noch
großen Reich des Wladimir Putin? Indem
schon das Wort „Krieg" (statt
„Militäroperation") gut ist für 15 Jahre Verbannung?
In dem es reicht, ein weißes Blatt in der Hand zu
haben? In der es fast unglaublicher Heldenmut ist,
während der größten Nachrichtensendung durchs
Bild zu laufen mit einem Schild, auf dem Krieg
verdammt wird?

Der grimmigste Scherz geht so. Jeden Tag kauft
ein Mann in Moskau bei seinem Zeitungshändler die
„Prawda", wirft einen kurzen Blick auf die erste

Seite, zerknüllt die Zeitung und wirft sie weg. Der Zeitungshändler wird neugierig. „Was suchst Du denn in der Zeitung?" „Ich suche eine Todesanzeige." „Die sind doch nicht auf Seite 1!" „Die, die ich suche, ganz bestimmt."

Während der Krieg sich immer weiter frisst, die Zerstörung der zivilen Gesellschaft wütet, sagt Putins ewiger Stellvertreter Dimitri Medwedjew: „Wenn das so weiter geht, mit der Verschwörung zum Sturz Russlands, wird alles in atomarer Katastrophe enden."

Wladimir Putin muss dann auch noch seinen Sportpalast-Moment haben. Im Olympischen Stadion Luschniki sind die Massen geheißen, den Jahrestag der Krim-Eroberung zu feiern. Alles ist aufgeboten zu einer faschistischen Inszenierung. Aber wie seltsam: der Hass wird nicht gebündelt und beschworen als vaterländische Aufwallung. Gehüllt in einen Mantel aus einem italienischem Luxus- Modehaus spricht der Staatspräsident wie besessen über Verräter. „Das russische Volk wird immer in der Lage sein, wahre Patrioten von Verrätern zu unterscheiden. Das russische Volk wird diese Verräter ausspucken wie eine Fliege, die versehentlich in seinen Mund geraten ist. Eine solche natürliche und notwendige Selbstreinigung der Gesellschaft wird unser Land nur stärken."

Da kann selbst ein Bewunderer wie Donald Trump nur betrübt feststellen „Er hat sich sehr verändert".

An der Nahtstelle der beiden Katastrophen, die das Leben bedrohen, steht ein Cartoon von Mario Lars, dem Kreativ-Genie aus Schwerin. Man sieht ein Ehepaar vor einem der heute üblichen Großbild-Fernseher. Auf dem Bildschirm fliegen die tödlichen Waffen. Sie sagt per Sprechblase zu dem glotzenden Ehemann „ Hättest Du gedacht, dass man von Corona mal als von den guten alten Zeiten reden wird?"

W ar es die vierte Impfung gegen das Virus? War es die Überlastung durch unzählige Nachrichten, Brennpunkte, Gespräche über den Krieg und allgemeines Sterben der Welt wie über etwas Selbstverständliches? War es das unfassbare Bild des ausgelöschten Mariopul?

Ich spürte es heraufziehen. Das Hirn war angekommen an der Belastungsgrenze. Die Notbremse war kein verplombter Griff wie in den guten alten Analog-Zeiten. Sondern ein Schritt über die Schwelle in ein Zwischenreich. Meine letzte Sorge galt meiner Bequemlichkeit. Ich wollte eine möglichst behagliche Umgebung, ohne dass die anderen gleich die üblichen Institutionen wie Krankenhaus und Friedhof alarmieren.

Hier stand mir doch noch etwas zu: die berühmte Geschichte mit dem letzten Wunsch . Ich wollte nicht wie Kurt Tucholsky auf Wolke 7 über den ganzen Verein lästern. Ich wusste seit Jahren ganz genau, was ich haben wollte als letzten Termin. Ich wollte ein Gespräch mit dem Mann, der uns das Buch „1984" als Vermächtnis hinterlassen hat.

In einer unendlich großen blauen Halle stand ich an, Teil in einer gewaltigen Schlange. Irgendwann fanden sie mich in dem großen Hauptbuch, in dem niemals etwas verloren geht.

„Letzter Wunsch?"

„Ich möchte gern George Orwell treffen."

„Sie wollen nichts für sich selbst?"

„Ich will mit dem sprechen, der vor 74 Jahren über das Ende die für mich furchtbarsten Worte sprach."

„Wir beraten Ihren Fall. Treten Sie heraus und warten Sie."

Dann erschien einer, den ich als eine Art diensthabenden Engel einschätzte. Er sprach mich ziemlich hochmütig an:

„Sind Sie der Zwischenreichler mit dem Wunsch,

George Orwell zu treffen? Als Abschiedswunsch?"

Ich nickte.

„Der Mann, den Sie sehen wollen, heißt Eric Arthur Blair. Ich begleite Sie zu seiner dunklen Ecke. In letzter Zeit war es einsam um ihn. Sie werden etwas Mühe haben, ihn zu verstehen. Seit einem Hals-Durchschuss im Spanischen Bürgerkrieg kann er nicht richtig reden. Wir haben das so belassen, weil sein Fall noch nicht abschließend beschieden ist."

Ohne die lästige Schwerkraft flog ich in Begleitung durch den Raum und landete in einem kargen Winkel. Der Mann, den ich sehen wollte, hatte traurige Augen, ein hageres Gesicht, über den Lippen nur die Andeutung eines schwarzen Barts wie um eine Bereitschaft zum Nicht-Lachen zu unterstreichen.

„Blair. Sagen Sie Eric. Oder George".

Er reichte mir eine schlaffe Hand.

„Sie haben vor 74 Jahren das Buch '1984' geschrieben?"

„Ich schrieb es da, wo man die Einsamkeit erfunden hat: auf einer schottischen Hebriden-Insel, umgeben von Heide, Moor und Torf".

„Dann spreche ich also mit dem Menschen, der

über Winston Smith die schrecklichsten Worte fand, die jemals über ein Schicksal fielen?"

„Nur zu. Was traf Sie denn so tief?"

„Das Ende. Sie haben Winston durch alles gejagt, alle physischen, alle psychischen Erniedrigungen. Und dann sagen Sie über ihn: ' Die lang ersehnte Kugel drang in sein Hirn. Er sah auf zu dem enormen Gesicht des Großen Bruders. 40 Jahre hatte er gebraucht, um das Lächeln hinter dem Bart zu entziffern. Grausames, unsinniges Missverständnis. Selbstsüchtiger Ausschluss von der liebenden Brust. Zwei mit Gin getränkte Tränen rannen ihm herab zu beiden Seiten der Nase. Der Kampf war vorbei. Er hatte den höchsten Sieg über sich selbst errungen. Er liebte den Großen Bruder.'"

Eric/George hatte den Worten gelauscht wie einer verschollenen Melodie. Er hustete röchelnd.

„Sie glauben also, ich war der Verräter? Nur, weil ich es ausgesprochen habe? Einer unter Euch musste es einmal durchdenken, was in uns als Denkbarkeit ist. Es gibt sie immer wieder; die höchste Perversion, den höchsten Wahn, der für die Idee, er sei der neue Zar, die Welt in Brand steckt."

„War diese düsterste aller Utopien der Krankheit geschuldet, die ihre Lungen zerstörte?"

„Das nimmt ihr nichts von der Kraft, etwas bis zu Ende gedacht zu haben. Aber ich gebe zu: ich verstieß gegen das Prinzip Hoffnung. Dabei war ich selbst inkonsequent. Nahezu auf dem Totenbett heiratete ich meine 15 Jahre jüngere Sonia. Aber in der Nacht zum 21. Januar 1950 war es vorbei. Ich hatte da unten nur 46 Jahre."

Der Begleit-Engel räusperte sich. George/Eric murmelte „schon gut. Ich geh zurück in meine Ecke". Ich wagte noch zu fragen:

„Wie sähe ein '2084' aus?"

„Meine Fantasie reichte nur für eine Welt mit den Formeln 'Krieg ist Frieden/ Freiheit ist Sklaverei/ Unwissenheit ist Macht'. Für die Vorstellung, alles Leben an künstliche Intelligenz zu verraten, war ich zu schlicht."

„Cut!", befahl der Begleit-Engel. Wie der Regisseur in einem Film.

Ich raste durch Raum und Zeit zurück. Fand mich wieder in meinem Arbeitszimmer. Wo ich zu Boden gesunken war. Der Computer meldete: „Neustart erforderlich." Auf meiner Stirn prangte eine prächtige blaue Beule. Ich betastete sie wie einen Sensor, der Leben verhieß. Der Schmerz war da, ein durchaus irdischer Schmerz.Und diese Porzellan-Tasse aus alten Zeiten, auf der „Chef vom Dienst" stand, war zerborsten in erstaunlich viele Teilchen.

Am Ende war zumindest mein Anfang klar: die Suche nach dem verlorenen Lachen. Darin steckte für mich ein ständiger Auftrag. Der, niemals zum Verräter an der Freude über das Geschenk des Lebens zu werden.

Selbst, wenn wir dafür lachhafte Tricks aufwenden wie den, Corona für überlebt zu halten, weil wir den Vorgang bürokratisch für erledigt erklären. Bis auf Widerruf. Einer sagt: Man wirft nicht den Feuerlöscher weg, wenn es noch brennt. Das geht nur, wenn man ein „Hotspot" ist...

Es fehlt das Gebet als Schlüssel.

Es schien schon einmal gefunden. Der amerikanische Pastor Niebuhr ließ uns antreten und sagen: „Gott, gib mir die Gelassenheit, Dinge hinzunehmen, die ich nicht ändern kann. Den Mut, Dinge zu ändern, die ich ändern kann. Und die Weisheit, das eine vom anderen zu unterscheiden."

Das ist zu wenig! Das atmet den Geist der Ergebung in das Schicksalhafte.

Angesprochen auf seine größte Hoffnung sagt das seltsame Genie Elon Musk: Ich will, dass die Menschheit eine sich selbst versorgende Stadt auf dem Mars errichtet. Wir fangen an in zwei Jahren.

Er lacht nicht dabei. Denken wir daran, dass es

seine Satelliten sind, mit denen wir den Krieg in der Ukraine sehen.

Die mittlere Entfernung Erde – Mars beträgt 55 Millionen Kilometer, die Fahrtzeit bei gegenwärtiger Technologie neun Monate (eine Strecke). Als die Fantasie befeuerndes Utopia nicht unbedingt brauchbar.

Mir reichte es, wenn ich das Gebet so abwandelte: Ich wünsche mir Kraft , das zu bewältigen, was immer an Herausforderungen kommt. Ich wünsche denen, die glauben, über mich befinden zu können, von Wissen geleitete Einsicht.

Dafür möchte ich mein Lachen zurück.

Oder wenigstens ein Lächeln.

*